神都聽見了嗎
宋亞樹 著
紅茶 繪
Did God hear it?
上

序幕

Case 01

西元一九九〇年。歲次庚午。夜。

大雨滂沱的夜裡，屋內一對男女爭執不下。

「這是我懷胎十月生下的女兒，怎麼可以說扔就扔？她是一個活生生的孩子，是你的女兒啊！你怎能這麼狠心？」婦人緊緊摟著懷中絲毫沒被爭執聲驚擾的熟睡女嬰，淚漣漣地控訴。

「我沒有要扔她。」男人深深嘆了口氣，他已經不知是第幾回勸說妻子，伸手欲抱女嬰。

「我只是請育幼院暫時照顧她罷了，現在的育幼院環境都不錯，妳若不放心，我們多捐點錢給那家育幼院就是了，有空時也可以去看看女兒，又不是把她丟路邊，讓她自生自——」

「這就是讓她自生自滅！」婦人摟著女嬰，說什麼也不肯交給丈夫，哀戚地不斷哭泣。「我不要、我不要……她才剛滿月，這麼小、這麼可愛……我絕不把女兒給你。」

「雅淑……」男人摟住婦人發顫的肩頭，柔聲勸哄。「我也不願意這樣，只是……妳要爲我們的未來著想。」

「著想？不就是一張說女兒命不好的紅紙而已嗎？」婦人抱著女嬰別過臉，對丈夫始終如一的說詞早已倒背如流，義憤塡膺。「說什麼女兒命盤中沒有主星，會剋煞我們。誰知道主星是什麼東西？誰又知道對方是不是只想騙我們的錢，要我們掏錢消災？還不都是江湖術士在那怪力亂神……」

「江湖術士？怪力亂神？」男人蹙眉苦笑，口吻略帶無奈。「我們這些年來不就是靠著江湖術士和怪力亂神，才能一路飛黃騰達、升官發財的嗎？」

「這……」婦人聞言一愣，一時間竟找不到話語反駁。

「再說，女兒出世的這一個月來，接二連三發生了不少麻煩事，我被降職不談，就連身子一向硬朗的爸也病倒了，我們不也是因爲這樣，才拿著女兒的八字去給人批命嗎？」

婦人眉心深鎖，念及近來種種，神情爲難。她呑嚥口水的動作看來有些心虛，抱著女嬰的手略微抖顫，緊抿雙唇。

「雅淑，寧可信其有，不可信其無，這句話當初還是妳先提的。將來若眞因爲這個孩子，讓我們截至目前的努力全部化爲烏有，妳要爸媽怎麼辦？我跟妳又怎麼辦？」見婦人態度鬆動，男人繼續安撫遊說。

「我……」婦人緊擁著女嬰，再度無聲地痛哭起來。

雖然言之鑿鑿，但望著妻子難受的模樣，與女嬰安穩可愛的睡顏，男人的內心同樣充滿不捨。他緊緊摟抱妻女，落下一聲長長的嘆息。

是夜，傾瀉而下的暴雨轉為陰霏細雨，雨聲漸弱，育幼院門口的啼哭聲卻越發嘹亮。

稍早，有輛轎車在靜夜中緩緩駛近，又慢慢駛離。一名小小的、孤零零的嬰兒，形單影隻地被留置在育幼院門口，因為驟失母親溫暖懷抱而放聲大哭。

女嬰胸前觸目驚心的豔色紅紙上寫著——

命無正曜（注），夭折孤貧；二姓方可延生，離祖方能成家。

幼年多病多難，雙親緣薄，刑剋雙親。

注　正曜：為紫微十四主星。

第一章

西元二〇一七年。歲次丁酉。晨。

臺灣北部某間知名的廟宇內，爐煙裊裊，香火鼎盛，趁著年節期間來參拜祈福的信眾絡繹不絕，熱鬧非凡。

「喀答」一聲，一對紅色的筊杯劃出漂亮的弧線落地，一陽一陰，聖筊。

擲筊的長髮女子拾起筊杯，唇角隱隱流露笑意，可塵埃尚未落定，她不敢張揚太過，因此小心翼翼地起身走到籤筒旁，閉眸凝神，專注地攏搖著筒內的木籤。

木籤碰撞出聲，長髮女子模樣虔誠，立於她身旁的那名短髮女子卻是眸光清冷，百無聊賴地注視著眼前的一切。

短髮女子的墨色軟髮俐落服貼，單邊勾至耳後，身著白色上衣與條紋西裝寬襬褲，衣著簡約知性，沒有佩戴任何首飾配件，氣質清爽。她的右眼眼皮上有顆小小的圓潤紅痣，每回掀動眼睫都令人忍不住多看兩眼。

她沒有宗教信仰，對民俗傳統更沒有研究，雖不至於對入廟隨行這件事感到嫌惡，但確實提不起太大興致。若不是好友找她作陪，她不會踏進廟裡，任何廟宇都一樣。

「簡霓大小姐，妳抽籤還要抽多久？後面有人在排隊。」見好友身後排了幾名信徒，短髮女子輕拍好友的手臂，出言提醒。

「唉呀！日霏，噓，別催，就快好了。」簡霓搖籤多時，舉棋不定，最後終於從籤筒中撈出一枝籤。

望了望木籤上的數字，她心中一喜，再度露出非常高興、卻不敢太過張揚的表情，置籤入筒，又拿起筊杯擲筊。

怎麼還要擲筊？到底有幾個步驟啊？袁日霏睞著興高采烈的簡霓，默默嘆了口氣，眉心擰得更深了。

終於，一陽一陰，簡霓再次擲出聖筊。

「好了好了，這不是結束了嗎？」簡霓樂不可支，興沖沖地拉著袁日霏走到置放籤紙的木製籤詩櫃前，小心翼翼地尋到寫著數字1的那格抽屜，取出其中的籤紙，越瞧眼神越燦亮。

第一籤

日出便見風雲散　光明清淨照世間

一向前途通大道　萬事清吉保平安

「是上上籤，大吉耶！日霏，我就知道第一籤肯定是大吉！」簡霓盯著紙上的籤詩，喜不自勝。

「恭喜。」袁日霏的語氣依舊淡得聽不出情緒。

「恭喜什麼呀？這是幫妳求的籤。」簡霓不由分說地將籤詩塞進袁日霏手裡。

「能夠幫人求籤？」袁日霏皺起眉頭。她並不清楚廟宇的規矩與參拜的細節。

「有人說可以，有人說不行，總之我問過神明了，是神明允了我才求的。」簡霓笑得開心，說得理直氣壯。

好吧，就算可以幫人求籤好了，但……

「幫我求做什麼？」袁日霏望著手中那張薄薄的白紙，滿心莫名。她眞搞不懂簡霓爲何要爲了一張紙高興成這樣。

「當然要幫妳求呀，妳現在進了刑警局，當的還是法醫師，往後得時常解剖屍體，不幫妳求要幫誰求？而且爲了避免神明不知道妳是誰，我還千方百計把妳哄來了。」

原來是爲這樁……難怪簡霓千叮嚀萬交代，要她一定得空出時間陪她來廟裡。

是這樣的，歷經幾次重大變革，目前國內的法醫單位已成爲刑事警察局編制中的一部分，法醫需要前往案件現場相驗或勘驗，具備與刑事警察一同出隊查案的職權；

而解剖也不再是於殯儀館進行，各地分局旁就有設備先進豪華的解剖與鑑識中心。約莫是因爲如此，簡霓才會更加擔憂她的安危吧？

袁日霏聳聳肩，輕描淡寫道：「我的工作很單純。」

「查案很單純？解剖屍體很單純？」

「是很單純沒錯。」

「眞搞不懂妳究竟哪裡有問題？好好待在醫院當醫生不好嗎？跑去當什麼法醫……」簡霓嘀嘀咕咕。

「法醫有什麼問題了？妳求籤才有問題。」袁日霏戳了下簡霓的額頭。

「求籤哪裡有問題？」簡霓不服氣。

「當今社會講求科學與證據，當法醫很普通，而妳求籤只是尋求心靈支持而已，現在早就不是求神問卜的年代了。」

「哪裡不是？只是妳沒興趣而已。妳都不知道唐立淇……不對，她都改名叫唐綺陽了，唐綺陽的直播有多少人看呀？還有，那個鳳家不也混得風生水起？前陣子還幫警方破了一件無名屍案，名號響亮的呢！」

鳳家？

袁日霏微微瞇細了眼，從腦海中撈出與鳳家相關的資料——

鳳家，據聞已有超過百年歷史的神祕家族。

她確實聽說過這個鳳家。

傳說中鳳氏眼觀陰陽、足踏生死，無論是相命堪輿、驅鬼除厄、消災祈福、奇門遁甲，皆有涉獵；除了爲元首占卜國運，爲企業執掌風水，也替一般民眾命名改運。

袁日霏不知道鳳家是如何發展起來的，只知道鳳氏家大業大，在政法軍警、工商黑白等領域皆頗負聲望，傳承至今已是第六代。每代主事者的名字皆以數字代稱，如今的主事者喚作「鳳六」，上一代則是「鳳五」，以此類推。至於各個主事者的本名爲何，她並不清楚。

以數字代稱或許只是爲了增添神祕感，更浮誇一點的，甚至有人稱鳳氏爲國師。

國師？

在袁日霏心裡，所謂的命理學只是統計學、心理學，加上巧妙的話術，被稱作國師絕對是言過其實。

「噢……那個鳳家。」袁日霏淡淡地應。

「欸，日霏，那個鳳家眞的有那麼神奇嗎？」簡霓的眸光瞬間亮了起來，充滿探聽八卦的興致。既然袁日霏進了刑警局，想必能耳聞更多關於鳳家的軼事。

「沒有合作過，我不知道。」她也不希望有朝一日必須合作，對此是一點興趣也沒有。

「日霏——」簡霓還想說些什麼，袁日霏的手機鈴聲卻倏然響起。

袁日霏低頭一看，是局裡打來的電話。

「喂？袁日霏。」袁日霏給了簡霓一個略帶歉意的眼神，接起電話專注聆聽，接著看了看手錶，答覆道：「好，我在附近，相驗包放在車上，我直接開車過去，大約十五分鐘……等等見。」

「怎麼了？」袁日霏掛斷電話後，簡霓發問。但其實不用問都知道，絕對是工作來了。

「有案件。」袁日霏簡單交代。

「有人死了？」簡霓皺起眉頭。

「嗯。」

「眞是的，大過年的……」簡霓低喃，也不知是在遺憾有人不幸過世，還是在遺憾與好友的相聚時光匆匆結束，抑或兩者皆是。

「日霏妳忙吧，我們有空再約。」簡霓朝袁日霏擺擺手。

「回程小心。」

「妳也是。」

袁日霏也向簡霓揮手，臨走前，她望著簡霓身後的廟宇及神像，短暫出神。

神？

倘若世上有神，又怎會有層出不窮的非自然死亡？

她打開車門，驅動引擎，將那張寫著上上籤的籤紙隨手揉進口袋裡。

✦

Case 02

死！死！死！

女人的手裡拿著口紅，憤恨地不停寫著「死」字。

那個女人有什麼好？為什麼她深愛著的男人就是不願意拋下那個女人？

她比她更美麗、更風情萬種、更聰明，也更不擇手段！

她瞪著紅紙上寫著的姓名與生辰八字，瞪得眼白充血，咬牙切齒，巴不得能將那兩人從紙中揪出來千刀萬剮、折磨凌遲。

沒關係，他們的好日子不會過太久的！她本來就要死，既然都得死，絕不能讓他們好過！即使粉身碎骨、身敗名裂她也在所不惜！

死！

案件現場在市區近郊的一棟大樓附近。

袁日霏到達時，四周已拉起重重黃色封鎖線。

她提著相驗包，越過圍觀群眾，封鎖線內有一名男人正對她招手。

「檢座、書座。」袁日霏走過去，向今日的外勤檢察官黃立仁與他身旁的書記官打招呼。她到任之後，已經與黃立仁與該位書記官見過幾次面。

「日霏，來。」黃立仁拉高封鎖線，袁日霏矮身進入。

黃立仁領著袁日霏走到一個身形魁梧的男人面前。

「我來介紹一下，日霏，這位是于進，你們刑警局偵查小隊的小隊長。」黃立仁為袁日霏簡單介紹，轉首又對于進道：「于隊，這位是袁日霏袁法醫，上個月剛報到，雖然由我介紹怪怪的，不過袁法醫到職後，你恰好帶傷在家休養，我想這是你們第一次見面，還是讓我多事一下。」

「多謝黃檢，放了一個月長假，眞是局裡有什麼人都不認得了。」于進向黃立仁道謝，轉頭朝袁日霏伸手，十分意外她如此年輕。

「袁法醫，妳好，我是于進。」于進展顏，對著袁日霏露出一口白牙。「大家都知道新北地檢署有位女檢察長，現在我們局裡又來了位女法醫，還這麼年輕漂亮，看來我放假的這一個月裡，局裡都暴動了吧？」

「忙都忙死了，哪有力氣暴動啊？而且袁法醫很高冷的，可遠觀不可褻玩焉，你不要調戲人家。」一旁的幾位偵查佐調侃著回答，這個話題令袁日霏有些不自在，連忙伸手與于進交握。

「哪裡，于隊客氣了。」她面色不改，回應得從容得體，只想趕快結束所有與她的年紀及外貌相關的話題。

根據她過往的經驗，被過分注意性別、年齡與外貌都是不好的。

通常，別人認為她年輕漂亮的下一步，就是質疑她的專業，自踏入社會以來，她已經吃過太多悶虧。

不過，因為外貌而吃虧這件事，于進恐怕也不陌生。注視著于進的臉龐，袁日霏心中暗忖。

于進看起來同樣相當年輕，不知是天生娃娃臉，抑或是眞的年紀輕，模樣只有三十歲出頭。他和她從前見過的刑警都不同，留著短短的三分頭，高鼻大眼、笑容颯爽，給人的印象不壞，沒什麼江湖味。

沒有江湖味的年輕刑警和年輕的女法醫，半斤八兩，袁日霏瞬間感到安心不少。

「于隊，今天是什麼情況？」寒暄過後，黃立仁發話。

「稍早前，這棟大樓約僱的清潔人員去打掃大樓外圍，發現了一隻鞋子，正想拿到垃圾桶丟棄，走過去卻看見一截斷腿，趕緊報了案。我們接到通報，沿著大樓周邊搜尋，在防火巷後找到死者的身體與另一隻腿，懷疑是他殺支解，就報驗了。」于進一邊說明，一邊領著黃立仁與袁日霏邁入第二道封鎖線。

「遺體散落於三處，身體在防火巷內，一條腿在身體旁十公尺處左右，另一條腿則在大樓東側一樓，發現時明顯已經死亡。」于進繼續說：「死者姓名爲顏欣欣，二十八歲，在網路上是小有名氣的平面模特兒，住在這棟大樓的九樓。她的家屬居住在外地，趕來需要一點時間。」

「好。」黃立仁頷首。

「遺體在前面。」于進伸指往前比劃，話音才落便見袁日霏戴上手套，聽見是疑似遭支解的案件，連眼皮也沒動一下。

「謝謝于隊，我明白了。」袁日霏提著相驗包邁步，沒有刻意等候于進與黃立仁，逕自疾行向前。

「她？」趁著袁日霏已經前行一段，聽不到這頭談話，于進推了推黃立仁的手肘，向這位合作過多次的檢察官打探袁日霏是否可靠。

熟悉于進性情的黃立仁當然明白他在問什麼。

「據說是高材生，求學時連跳了幾級，畢業後在醫學中心擔任病理科住院醫師，之後不知爲何跑來當法醫。她的話很少，目前感覺挺不錯。」黃立仁實話實說，于進頷首，跟在袁日霏身後。

袁日霏走到遺體旁，向一旁的鑑識人員確認已拍過照後，便蹲下來查看屍體的僵硬程度，接著打開相驗包，拿出手電筒檢查死者的瞳孔。

「起跳點在哪？」袁日霏一邊動作，一邊問于進。

「頂樓。」于進指了指上方。

袁日霏抬頭望去，又問：「樓高多少？」

「四十五公尺。」一位偵查佐回話。

「水平距離量了嗎？」袁日霏再問。

「什麼？」偵查佐一時間沒聽懂袁日霏指的是哪裡的水平距離。

「遺體與建築物之間的水平距離。」

「我去問。」偵查佐跑開，袁日霏繼續相驗。

角膜微濁，袁日霏滴了滴縮瞳劑進去，瞳孔仍有反應；屍斑融合成大片，她伸指按壓，屍斑略略消退。她在黃立仁的同意下翻動遺體，查看屍表。

「顱骨破裂，臟器損傷，當場死亡。根據屍斑的分布位置來看，這裡就是第一現場，遺體沒有被搬動過，不是死後才被扔下來的。」袁日霏說著，垂眸睞錶。「死亡時間約莫在五至六小時之前，現在是十點，也就是凌晨四、五點左右。」

「去問問附近的住戶，昨晚有沒有聽見什麼不尋常的聲響。」于進交代。

「是，小隊長。」另一名偵查佐離開，而剛剛去問話的那名偵查佐恰好回來。

「袁法醫，這是妳要的水平距離。」

「謝謝。」袁日霏看了看數字，起身，脫下一只手套，單手掏出手機開啟計算機功能，輕點幾下按出一道算式，然後將手機舉高朝向黃立仁、書記官與于進三人。

「對於墜落死亡的事件，我們可以根據墜落動力學，從墜落高度、移行距離、動力總和來推算，假若死者的起跳速度大於每秒3.77公尺……」袁日霏說到一半，發現眼前三名男人都陷入靜默，表情茫然，這才意識到沒人聽得懂她在說什麼，於是抿唇稍頓。

是她的錯，她對數字有莫名的執著與熱愛，簡霓老要她說人話——正常人聽得懂的話。於是，她決定換個說法。

「墜落死亡事件區分爲很多種，有可能是他殺墜落、意外墜落與自殺墜落。自殺墜落案件多半是腳朝下墜落、立定跳遠式的墜落，不過死意很堅決的話，也有可能是助跑式的自殺。」

「助跑？」于進終於聽懂了。

「對，助跑。」袁日霏點點頭。

「助跑式的自殺死亡在亞洲國家較爲常見，因爲我們的市容比較雜亂，爲了越過下方的鐵窗、遮雨棚及雜物，確保死亡，死意堅決的死者通常會選擇助跑。簡單地說，就是在跳下去之前，還有個跑的動作。」

袁日霏蹲到死者顏欣欣身旁，指著她腋下的裂傷。

「看，腋下這個S型的裂傷，是躍下時，雙手用力上舉，加上重力加速度造成的撕裂傷。一般被推落或是意外墜樓，並不會高舉雙手造成這樣的裂傷，若是被攻擊，也不會有兇手特地攻擊腋下。」

于進不禁做了個助跑躍下的動作模擬，而後點頭。

「如果是有人逼死者助跑跳下呢？」黃立仁琢磨了會兒，問。

「那麼兇手就要離開死者一段距離，這樣能放心嗎？」袁日霏反問。

「……不。」于進忖度了下，搖頭。

「所以，被推下樓、意外墜樓，和自願式的跳樓所造成的傷害與水平距離位移是絕對不同的，從這個案件來看，死者的起跳速度和水平位移都遠遠超過意外和被推落的範圍，確實是自己跳下來的沒有錯。」袁日霏做出結論。

「是自殺？」于進語氣有些不確定。

「初步推測是這樣。」袁日霏頷首。

「頂樓有打鬥痕跡，或是第三者的鞋印嗎？」黃立仁發問。身爲檢察官，他必須多方考量。

「目前沒有發現。」于進向偵查佐問了幾句。「而且，到剛才爲止詢問過的住戶，都說昨晚沒有聽見什麼不尋常的聲響。」

「那死者的腿……」于進指向遺體。

「傷口切面平整，但不像刀傷，上面有灰紅色的附著物。」袁日霏一邊回話，一邊抬眸探看四周。「那片水泥磚牆上有血跡嗎？」

「小隊長，水泥磚牆上確實有血跡。檢座、法醫，你們要一起過來看看嗎？」鑑識人員聽見了這頭的交談，俐落回話。

于進和黃立仁上前，袁日霏跟著，她和鑑識人員一同查看磚牆附近的血液濺射分布，越看越覺得胸有成竹。

「死者傷口上的附著物和磚牆上的粉塵很相似，若有必要，可以進一步化驗。依我的猜測，死者落下時，有可能正好落在磚牆上，磚牆寬度接近雙腿膝蓋，由於重力加速度的關係，讓磚牆像一片刀子一樣，整齊地將兩腿切斷，而磚牆上的血跡與雙腿散落的位置看來也和這個推測十分相符。」

「所以，眞的是自殺？」于進又問了一遍，疑惑地看看袁日霏，再看看黃立仁。

「暫時推測是這樣，詳細情況得等確認過死者住處有無遺書、死者進入頂樓的路徑，並詢問過家屬死者的病史後，才能判斷。」袁日霏公式化地平板回應，語氣中不帶任何情緒。

她不想深思對方究竟是對於案件本身的死因或死亡方式感到離奇不解，還是對於她的專業是否可靠感到離奇不解，總之，她把該做的事做完，盡到她的本分，這就夠了。

她對遺體與數字向來比對活生生的人要來得好奇，也更有耐性。

「要眞是自殺就好了，省了很多麻煩……不對，呸呸呸！自殺也不好，對不起！」于進話說到一半，驚覺不對，連忙雙手合十朝顏欣欣的遺體處拜了拜。

他從來不是那種想靠大案子立功的性格，只想諸事太平養生到退休而已，因此得知應該並非他殺支解案，便下意識鬆了一口氣。

「無論如何，盡量多方考量勘驗吧，假使最終確認不是分屍案件，我們再作討論。」黃立仁對袁日霏道。檢調要找出眞相，得思慮周全才行。

「知道了，黃檢。」袁日霏頷首。

「好，那麼——」黃立仁正欲進一步動作，一名偵查佐卻跑過來，神情驚恐。

「小隊長、檢座，你們要不要來看看死者的住處？屋子裡有點……」偵查佐說到一半，忍不住乾嘔。

詭異。

不，顏欣欣的屋子裡不只是詭異而已。

顏欣欣住處所在的樓層走廊，撲鼻便是一股血腥味，而顏欣欣對門剛回來的住戶正在回答員警的提問。

「我仔細想了一下，昨天半夜好像有聽見顏小姐家裡有雞還是什麼動物的叫聲……」

「雞？」于進和黃立仁同時皺眉。住鄉下或市場旁聽到雞叫聲就算了，大樓裡？

而袁日霏略略顰眉，神情依舊淡淡的。

「不知道是雞還是其他動物的叫聲，總之，那時我累了，倒頭就睡，想說平時貓不也叫春嗎？沒多想什麼。現在知道顏小姐……心裡才有點怪怪的，總覺得昨夜聽到的聲音好像特別淒厲，也不知是心理作用還是怎樣……」

袁日霏站在顏欣欣大敞的家門外探看，尚未進屋，便可發現屋內地上有著疑似乾涸的血跡，星星點點。

鑑識人員已在屋裡，目前還沒確認那究竟是血跡，抑或不是，也不確定是否與鄰居聽見的動物叫聲有關。爲避免節外生枝，袁日霏一行人穿戴好隔離帽、鞋，才走進屋內。

自殺者的住處通常不會太整潔，袁日霏原本就抱持著心理準備，但並不是「這種」心理準備。

才一走入，便看見四周牆上寫滿了紅色的「死」字，窗前懸吊著黑貓屍體，眼球已被挖去，留下兩個空洞的窟窿；地上有兩隻被割斷脖子的雞，雞冠也被割去。

袁日霏與黃立仁對視一眼，心想等等必須與死者家屬確認死者病史，服藥狀況如何，精神方面的疾病也得列入考量。

屋內家具明顯被移動過，茶几、電視、牆櫃密不透風地緊靠在一起，因此空出大片地面，地板上有著疑似用血跡畫成的圖形，那圖樣看起來莫名眼熟……

「這是符咒嗎？貼在殭屍頭上的那種？」于進後退兩步，左右看了看，覺得越看越像，又不是很肯定。

對大多數人來說，符咒長得都一樣，上頭寫的字橫豎都是看不懂，差別只在於寫在黃紙或紅紙上，又或者是紅字、黑字的區別而已。

在場沒有人能回答于進的問題，只覺眼前這疑似符咒的圖形很巨大，十分不合常理，再加上屋內有動物屍體，以及屋主離奇身亡，種種狀況皆有種說不出的詭異。

而那個疑似符咒的圖形旁有鹽和米，還有一碗清水、一個用過的保險套、一支餘量所剩無幾的口紅，還有一張紅紙。

「檢座，你看這個。」鑑識員將紅紙裝進透明證物袋裡，遞交給黃立仁。

紅紙上寫著姓名、今天的日期和時間。

顏欣欣——民國一〇六年、歲次丁酉、農曆一月五日、寅時

黃立仁看向袁日霏，袁日霏皺眉與他對望，再揚睫睞向于進。于進與他們同樣疑惑，側首一問：「寅時是幾點？」

現代人大多不知道十二時辰該如何推算，袁日霏與于進自然也不例外。于進懶得拿手機出來查詢，索性先問問看比較快。

「小隊長，這我知道。我是凌晨四點生的，就是寅時，凌晨三到五點。每次安太歲或算命時，我都要寫一遍。」

「日霏，妳剛剛說顏欣欣的死亡時間推測大約在凌晨四、五點左右對吧？」黃立仁率先反應過來。

「是。」袁日霏點頭。

「那，假若顏欣欣眞是自殺，她還特地算好時辰？」黃立仁推測。

「如果是算好時辰才跳樓輕生，有可能會是教唆或協助、慫恿自殺嗎？是有人幫她算跳樓的時辰？從來沒聽過自殺要算時辰的……有可能嗎？」于進接口。

袁日霏垂眸，她當然不曉得這個問題的答案，無從回應，只是注意到那張紅紙背面還有字，一樣寫著姓名與生辰：

簡淑瑩——民國六十年、歲次辛亥、農曆六月二十四日、子時

劉博嘉——民國五十七年、歲次戊申、農曆一月十八日、午時

這兩人又是誰？而紅紙左下方有個浮水印，隱約看得出來是一篆體字「鳳」。

鳳？

「欸，日霏，那個鳳家眞的有那麼神奇嗎？」

簡霓說過的話陡然浮現在腦海。

符咒？時辰？鳳？這麼巧？

若眞是算好時辰誘人輕生，會是那個命理世家鳳家嗎？

第二章

一週前，鳳氏大宅。

假如沒有親自到訪，真的很難相信臺北地區除了林本源園邸，居然還有如此古色古香的老宅大院。

古榕、小橋、迴廊、四合院；花園、拱門、池塘、觀景樓。

鳳家大宅裡的每一處窗框、雕飾、梁柱，皆是古色古香、氣勢磅礡，充滿文化底蘊。

鳳宅接待賓客的大廳裡，坐著一對衣著體面的中年夫婦。女方看來盛氣凌人，男方則侷促不安，而坐在他們對面的男子年齡約莫未至三十，身穿一襲棉麻漢服，外搭棗紅色的立領盤扣長版唐裝外套。男子沉默地把玩著桌上的孔明鎖，對眼前兩人視若無睹，神情專注，一派氣定神閒。

男人膚質甚好，唇紅齒白，十分適合豔麗色彩，身上那件棗紅色外套更是襯得他明眸皓齒，增添幾番俊色。他的五官秀逸古典，一雙燦亮鳳目揚著漂亮的勾人弧度，雙眼的顏色似乎有些不同——不過，這些都不是那對中年夫婦關切的重點。

「鳳老師，您倒是說句話呀，別這麼把我們晾著。」中年婦人略顯不耐，想抱怨卻又不敢得罪，一句話說得理不直氣不壯，語氣討好。

「喀」的一聲，一根孔明鎖的木條跌落。

鳳簫眉頭蹙起，懶懶揚眸，神情明顯不悅。

「這宅子裡超過一半的人都姓鳳，叫誰呢？」鳳簫將掉落的木條與孔明鎖往旁一推，身子往後靠進太師椅裡，扯唇微笑，視線與眼前的夫婦交會，終於打算好好對付今日奧客。

「鳳六老師，您就別玩我了，今天來找您眞的是有很重要的事。」女人強調，她身旁的男人聽見所謂「重要的事」，不禁調整了下坐姿，嚥了口口水。

「簡女士，妳說是重要的事？確定有看清楚我的營業項目嗎？」鳳簫正色斂眸，充滿不怒自威的神氣，顯然慣於以在上位者的姿態發言。

即便是簡淑瑩這般年長他許多、又在商場上打滾久了的生意人，也隱約感受到一股說不出的壓迫。

「我當然有看清楚呀。」簡淑瑩掩飾著自己的心虛，笑得一臉討好。

「這叫有看清楚？」鳳簫哼哼，十分不愉快地翻開桌上的一本線裝手冊。那是他的生財工具，詳細載明了鳳家販售的各項產品，及各類問事的收費。

而手冊裡營業項目的「婚姻感情」這一條，被打了個巨大顯眼的叉。

「這麼大的叉，要畫在妳臉上才看得清楚嗎？我向來不插手婚姻感情，妳要我斬桃花？更何況，要斬什麼桃花啊？找我斬桃花，不如斬他ＧＧ還比較快。」鳳簫指了指簡淑瑩旁邊的劉博嘉，態度吊兒郎當的，像在開玩笑，口吻卻又十分認眞。

劉博嘉在強勢的妻子面前被鳳簫說得一陣羞窘，想發脾氣，偏偏沒理發作，只得調整了下坐姿，隱約護住命根。

看到丈夫這副不敢聲張的逆來順受樣，再想起他在外卻是拈花惹草、四處留情，簡淑瑩心下反而越發氣憤，更想說服鳳簫這個名聞遐邇的命理大師來爲她永除後患。

「不是的，鳳六老師，您也知道，我的公司是和外子一起經營的，他也算是我的合夥人及一部分的財產，既然是合夥人和財產，您知道的嘛，看公司風水時也可以順便看一看啊。」簡淑瑩開始胡說八道了。

「順便？這麼順便的話，財產要不要順便分一半給我？」鳳簫懶懶地眨了眨眼。

「哎喲，鳳六老師，您眞愛說笑。呵呵呵！」假如換做別人，簡淑瑩大概會過去拍幾下肩頭，以示友好親近，可惜鳳家名聲被外界傳得太不可思議，她還沒有那個膽量造次。

呵個頭啊！鳳簫很想翻白眼，而他也眞如此做了。

「慢走，不送。」他不願與眼前的夫妻繼續夾纏，又把剛剛推到一旁的孔明鎖拉回來了。

嘉一身冷汗。

他怎麼知道這平安符是他外頭的女人給的？

驚駭的劉博嘉仔細注視著這個名喚「鳳六」的男人，這才終於後知後覺地發現，鳳六的左眼似乎是寶藍色，或是深紫色……

✦

「所以，這張紅紙上的字確實是簡小姐妳寫的？」結束顏欣欣陳屍地與住所的勘驗後幾日，于進將幾位案件相關人一一帶回警局問話。

「是啊。」簡淑瑩坐在于進面前，看著于進遞來的那張寫著她與丈夫姓名和生辰八字的紅紙，坦承不諱。

「那這一面呢？」于進翻過證物袋，指著紅紙背面關於顏欣欣的那行字。

簡淑瑩探頭看了看，皺眉道：「這就不是我寫的了，我一想到那女人就討厭，怎麼可能還寫她的名字？」她表情嫌惡，只差沒有「呸」了。

「這口紅也是妳的？」于進又拿了原本在顏欣欣屋內的口紅給她看。

簡淑瑩再度探頭。「我是有一支這個品牌的口紅，不過這也不是特別少見的品牌，未必是我的。」

「上面有妳的指紋。」

簡淑瑩一愣，想了想。

「于警官，我已經說過了。」簡淑瑩眉頭深鎖，語氣充滿對顏欣欣的厭惡，彷彿每多回想一遍，對她來說都是一種折磨。

「那不要臉的女人前幾天有到公司找我，她在一樓大廳攔住我，要我高抬貴手放我先生自由，說她和我先生是眞心相愛……不提這個了，想起來就有氣。總之呢，她在大廳裡又哭又鬧，搞得好像我才是第三者一樣，最後我被纏得受不了，只好請警衛趕她走。那女人被警衛架走前，動手來扯我的包包，我包包裡的東西掉了一地，她也跌坐在地上……當時情況混亂，我只想盡快把她攆走，眼不見爲淨，也沒確認包裡有沒有少了什麼。現在想想，口紅和紅紙八成就是那時候被她摸走的吧？」

于進沉吟不語。

「于警官，你若不相信，公司大廳與走廊都裝設了監視器，我請保全把檔案給你？」簡淑瑩畢竟是個事業有成的生意人，反應速度很快。

「不，我沒有不相信。」于進說。其實，他早就調閱過監視器畫面了，情況與簡淑瑩說的相符，她並沒有說謊。

他只是在想，所以簡淑瑩先去找了命理師，在紅紙上留下她與丈夫的生辰八字，之後，顏欣欣偷走了那張紅紙，在紅紙背面寫下自己的生辰、姓名、預計要死亡的時間，還拿走了簡淑瑩的口紅。而顏欣欣家中地上那個疑似符咒的圖形旁邊，除了簡淑瑩的口紅，還有一個已經確認爲劉博嘉使用過的保險套。

既然顏欣欣與劉博嘉有不倫關係，要取得劉博嘉使用過的保險套並非難事，只是……爲什麼？

目前各項證據都導向顏欣欣爲自殺的結論，畢竟顏欣欣的住處與跳樓處，甚至於她的遺體，都沒有第三人侵入與破壞的痕跡，且紅紙背面關於她的那行字，也經顏欣欣的家屬確認，是顏欣欣本人的筆跡無誤。

這個案件幾乎已經可以說是結案了，顏欣欣就是自殺，毫無疑慮。

但是，顏欣欣到底想做什麼？那個符咒的功能是什麼？她房裡的動物屍體是怎麼回事？她又爲什麼要拿簡淑瑩與劉博嘉的物品，並寫下他們的八字？自殺爲何要算時辰？背後究竟有沒有他人指使？

于進覺得這一切就是團迷霧，看似相關，又好像全不相關。

在于進走神時，簡淑瑩發話了。

「于警官，我跟你說，雖然我知道你可能不太相信，但是我現在回想起來，實在覺得很毛。」

「什麼事很毛？」于進挑眉。

「就是，上個星期我去找鳳六老師幫我斬桃花，你知道鳳家吧？」

「我知道。」于進聳了聳肩。怎會不知道？他再熟悉不過了。

「本來鳳六老師是不肯的……不過這不是重點，總之，鳳六老師那天說了，叫我跟我先生多留意物品失竊，我還告訴他家裡和公司都有保全，沒想到鳳六老師表示需要留意的不是那些貴重財物，而是『不太重要又很重要』的東西。我當時心想，他在胡說八道什麼呢，可現在想想，不太重要又很重要，指的不就是這紅紙跟口紅嗎？」

簡淑瑩換了口氣，繼續道：「既然口紅上有我的指紋，紅紙上一定也有吧？又是我的字跡……這狐狸精心腸真是歹毒，死就死了，還要在住處留下我跟我先生的東西，非得這樣拖人下水，都搞不懂誰才是元配了，她怨念個屁？幸好她死掉的那天我有不在場證明，不然現在得解釋多久？」

簡淑瑩顯然完全沒顧慮到「死者爲大」這件事，氣呼呼地抱怨了一番。她既覺得顏欣欣令人生厭，又覺得事情的發展太過巧合離奇，於是心底直發毛。

「鳳六老師眞的很神奇，他那天幫我和我先生占了一卦，然後就叫我們往西南去，最好去旅行，能玩多久玩多久，玩個十天半月再回來，至少一定要過農曆一月五日。而且不能落單，去越多人的地方越好。」

「鳳六要你們夫妻去旅行？還要你們一月五日後才能回來？」于進反問。

農曆一月五日，不就是顏欣欣跳樓那天嗎？鳳六難道知道顏欣欣那天會死？他是知道鳳家神奇，但這也太邪門了吧？

「是啊，本來我有點猶豫，心想公司忙都忙死了，哪有時間去旅行？結果顏欣欣那天來公司一鬧，我越想越火，所以當天下午就拎著我先生買了機票去香港。一月五日回程時，我們剛好遇到班機延誤，被困在機場，全機場的人都可以幫我作證那女人跳樓眞的跟我們一點關係也沒有。香港、西南方，還眞是去對了。」簡淑瑩越說越起勁，連那天去請鳳六斬桃花，劉博嘉身上平安符起火的事也一五一十說了。

于進越聽覺得頭越痛。這已經不是一團迷霧而已了，根本是一團亂七八糟的怪力亂神，鳳六現在已經發展到這種程度了嗎？

「不提那女人了，有夠晦氣。于警官，如果沒有別的事，我要回去了。」簡淑瑩一股腦說完，起身欲走。

「好。」于進送簡淑瑩出去，在她離開前，不禁又確認了一遍。「簡小姐，妳說的那個幫妳斬桃花的鳳六老師，是鳳家的鳳六，相貌很漂亮，左眼是藍紫色的那個鳳六，對吧？」

「是。」簡淑瑩肯定地答。

于進鬆了一口氣。太好了，謝天謝地，眞的是這個鳳六，不是冒牌鳳六，又或者是鳳七鳳八鳳九。

既然簡淑瑩的紅紙是鳳六給的，作爲案件關係人之一，他可以請鳳六到警局來，順便問問鳳六知不知道顏欣欣住處那疑似符咒的圖形是什麼。

符咒的事不找鳳六還能找誰？于進瞬間一掃陰霾，豁然開朗了起來。

感謝老天爺，高中時給了他一個老是用他來練習測字、卜卦，明明是自己算不準，還會對他發脾氣的奇怪同學。

鳳簫，你報恩的時刻到了，于進快樂地想。

相較於于進的快樂，袁日霏這頭簡直是淒風苦雨。

顏欣欣的遺體解剖已於日前完成，她的器官組織沒有出現特殊病理變化，任何體液或檢體也沒有毒品、毒物、特殊藥物，以及菸酒代謝物的反應；脖子上沒有勒痕，身上沒有打鬥或抵抗所留下的傷痕，也沒有被性侵過的跡象；斷腿的傷口截面檢驗出磚牆上的泥灰，血跡方向與分布位置相符，確實是墜落時因重力加速度而被磚牆削斷，與袁日霏的推測相同。

於是，袁日霏在驗屍報告書上寫了「因自殺造成的墜落死亡」，也口頭告知過家屬死因，但家屬說不願意接受就是不願意接受。

坦白說，袁日霏認為顏欣欣的自殺事實非常明顯，沒有解剖遺體的必要，然而在檢察官為了釐清分屍疑慮，與家屬抗爭不休的情況下，她終究還是得親自操刀，鉅細靡遺地檢查顏欣欣的遺體。

沒有一個法醫師會為了解剖費而進行沒必要的解剖，至少她不會。

解剖若是爲了替死者發聲、爲了找出眞相，那當然很好，但爲了安撫家屬？袁日霏實在感到荒謬。

她一直都是個循規蹈矩、一板一眼的人，說她冥頑不靈、食古不化也罷，鐵錚錚的事實就擺在眼前，哪能因爲人情或是家屬感受抗辯？

每一次解剖都是一次資源的消耗，用的都是納稅人的錢。

未料，她都已經退守原則，選擇服從上級、顧及家屬感受，做到這種程度，家屬仍不肯接受顏欣欣是自殺身亡。

連日來，顏欣欣的母親廖女士不知親自來找過她幾回、撥過多少通電話給她，每回總是同樣的開場白、同樣的結論——

「我女兒不是自殺，一定是有人害死她的！袁法醫，妳一定要檢查清楚！妳一定要找出兇手！」

哪有什麼兇手？或許眞有個幕後人物教唆慫恿顏欣欣尋短，但遺體確實沒有第三人介入的跡象。可她費盡唇舌、強調再三，廖女士就是不願意相信。

她也曾猜測過，廖女士需要的或許不是眞相，而是心靈上的安撫，可她思來想去，卻不知道要如何提供廖女士所需要的安撫。

她向來不善於處理人際關係，唯一的好友只有不知爲何總纏著她的簡霓，幾乎沒有應付他人的經驗，這也是她之所以跑來當法醫的原因。

她天眞地以為，法醫只要解剖分析遺體，沒有與活人溝通的必要，想不到她錯了，錯得離譜，至少廖女士就讓她踢到一個天大的鐵板。

面對因親人離世而崩潰、不願接受事實的家屬，她手足無措，不知該如何是好。她喜歡數字、理論，喜歡所有能導出確切結論的事物，而人情世故是一道她永遠解不開也學不會的謎。

只要想到廖女士今日就會和禮儀公司一道前往解剖中心領回顏欣欣的遺體，她又得親自與廖女士碰面，當面點交遺體與死者物品，她的內心就有股說不出的煩躁。

與廖女士約定好的時間逐漸逼近，袁日霏越加坐立難安。

果不其然，她才走出法醫室，遠遠地便聽見廖女士呼天搶地的哭音，由解剖中心遺體冰存室的那一端走廊飄來：「欣欣怎麼可能是自殺？她明明跟我說下個星期要回家，我女兒怎麼可能騙我？她怎麼可能會騙我？嗚哇——嗚、嗚嗚……」

袁日霏長嘆一口氣，拉了拉身上的白袍，無奈地朝廖女士走去，準備迎向今日最大的挑戰。

另一頭，解剖中心旁的警局大樓內，于進與鳳簫正在談話。

「這張寫了生辰八字的紅紙，是你拿給簡淑瑩和劉博嘉寫的，你要他們暫時離開臺灣，至少過了農曆一月五日再回來，而農曆一月五日那天你人在家裡，沒有出去。」于進簡單地總結了方才與鳳簫的對話。雖是有事要請鳳簫幫忙，筆錄還是得先做。

「是。鳳宅前後大門與大廳都有安裝監視器，也有設置保全，我們可以請保全公司把這段時間的資料畫面都調出來。簡淑瑩與劉博嘉確實來找過我，但顏欣欣不是我的客戶，我沒見過她，她寫在紅紙背面的那個時辰不是我算的。」

鳳簫依然穿著一襲豔色盤扣唐裝，寬背靠著椅子，雙腿在桌下從容地舒展，姿態慵懶，彷彿早料到于進會找他來那般怡然自得。色彩鮮豔的衣裝將他精雕玉琢般的臉龐襯托得更加明媚，硬生生令嚴肅刻板的警局化為一幅美好風景。

「有必要的話，我會去調畫面。我想先知道，你為何要簡淑瑩和劉博嘉去旅行，還一定得去西南方？」于進與鳳簫雖是故友，不過平時各自忙碌，也好一陣子沒見過了，再次相見竟是在這種做筆錄的狀況，于進其實有點尷尬。幸好鳳簫顯得非常自在，讓他問起話來輕鬆許多。

「劉博嘉和他老婆的命格很像，都是剛強易折、寅時必破，那天我幫他們排了九宮，又占了一卦，發現十日內必遇生死大劫，而生門在西南——」鳳簫輕描淡寫。

「停停停！我聽不懂你在說什麼。」什麼鬼？于進連忙打斷他。

「聽懂做什麼？你要當于六？」鳳六揚眉，語氣涼涼的，一臉調侃。

「……」于他媽啦！故友真是惹人嫌，因為有交情，對警察就全無尊重與敬畏了。于進方才對鳳簫的抱歉與尷尬一掃而空，如今只想捏死他而已。

「既然知道我聽不懂，那你何必說？」于進嗆他。

「那你何必問？」鳳簫嗆回去。「這跟案情有關嗎？客套話就不必了，還有什麼問題你就直說吧。」

圈圈叉叉的！于進一時被他堵到無話。算了，也好，既然鳳簫這麼聰明又直白，他就直接問了。

「你看過這種圖形嗎？」于進拿出顏欣欣住所那個疑似符咒圖樣的照片，推到鳳簫眼前。

鳳簫盯著照片，很仔細地端詳了會兒，眉頭漸漸蹙起，神情越發凝重，看得于進不禁緊張起來。

「怎？有頭緒嗎？」鳳簫老是一副無所謂的悠然模樣，何時曾露出如此沉重的神色？于進不由得捏了把冷汗。

「畫得很醜。」鳳簫打量完照片，露出一個再嫌惡不過的表情。

「不是問你畫得好不好！」于進氣結。搞了半天，他是在嫌棄人家畫得醜？「是問你有沒有看過！這是符咒？」

「是符沒錯，而且是道家難得一見的上乘符咒，當今世上知道這符咒的大概沒幾人。」鳳簫悠悠地道。

「既然是那麼厲害的符咒，爲什麼會沒幾人知道？」

「道法向來是口耳相傳，尤其道長們又多有留一手的習慣，自然越傳越窄，不過……這符有幾個地方畫錯了。」鳳簫再度湊上前看了看。

「畫錯了？那應該怎麼畫才對？你畫給我看。」于進問得再自然不過。

鳳簫忽而盯著于進，一臉戒備。

「幹麼？」于進狐疑地回望。

「我有那麼笨嗎？我要是會畫，你還不當我是嫌疑人？」

于進頓時露出「對耶，我怎麼沒想到」的表情，被鳳簫狠狠瞪了一眼。

「那雞呢？爲什麼這符咒需要用雞血來畫？」于進乾笑了幾聲，又問。顏欣欣住處地上的血跡已經確認是動物血，應該就是從一旁死去的雞身上取來的。

「在道教的觀念中，認爲雞與雞血能驅魔制煞，而於夜間殺雞會被索命。她用雞血畫符，八成是想增強符咒的效力，驅策牲道怨靈相助。」

「眞有這種事？」

「胡說八道而已。」

「欸？」

「她又沒道行，隨便殺幾隻雞，隨便畫畫就行？那我們都不用混了。」鳳簫說得不以爲然，眼神卻瞬了瞬，似乎隱瞞了些什麼。

「附近沒有黑貓嗎？」鳳簫頓了頓，又問。

于進聞言一愣。鳳簫怎會知道現場有黑貓？這太弔詭了，難道那符咒要搭配雞還有貓嗎？怎麼感覺又驚悚又好笑？

「黑貓的眼睛不見了吧？」看于進的表情就明白絕對有，於是鳳簫直接問了。

「你怎麼知道？」

「難道我練過如來神掌也要告訴你嗎？」

「呿！」警局內有監視器，不能毆打案件關係人，于進只能拿桌上的筆扔鳳簫。

「貓的眼睛去哪兒了？快說！」

「在顏欣欣的肚子裡。」既然是于進自己要聽的，鳳簫也不客氣了，說得輕描淡寫。

「怎麼可能？法醫沒有在她胃內容物裡找到什麼可疑的東西啊。」吃眼睛？真愛開玩笑！于進瞪大眼睛，一副鳳簫在唬弄他的樣子。

「嚼一嚼吃掉，也就是一般食物而已，能有什麼可疑的？難道她會用吞的，吞了之後馬上跳樓，完全沒消化嗎？」鳳簫也一臉于進在唬弄他的樣子。

「不是吧？」于進不敢置信，但鳳簫神情認真，讓他意識到這並非說笑，胃內頓時一陣翻攪。

「嘔……」于進撫著胃乾嘔了幾聲。「太變態了……」

鳳簫聳聳肩。他什麼降頭與邪門的茅山道術沒聽過見過？早已司空見慣。

「黑貓是至陰之物，眼通陰陽，除了符咒引路、雞血輔助，她還需要貓眼相幫才行。」

「她到底要幹麼？」

「生祭獻命，咒殺簡淑瑩和劉博嘉三代。」

「是有什麼深仇大恨啊？」于進驚駭無比。雖然當了小三，可顏欣欣年華猶盛、貌美如花，值得做到這種程度嗎？

「情關難過？」鳳簫聳聳肩。「人要入魔，還少得了理由嗎？」

于進想了想，總覺得還是有哪裡怪怪的。

顏欣欣兜來兜去，搞了一個這麼詭異又令人毛骨悚然的邪術，賠上了自己的性命，只求生祭以咒殺別人，無論動機是什麼，還少了一個很重要的東西……

「可是這樣很奇怪啊，她弄出這些有的沒的，一定不是憑空想像而來，既然鳳六你剛剛說，道法皆是口耳相傳、越傳越窄，那知道這符咒的人想必很少，書上就更不可能有了。她總不可能是用Google或去圖書館查到的吧？」于進越想越覺得奇怪。「死者的家人及朋友說過，她有時會到廟裡拜拜求籤，或是求個平安符什麼的，但也就是行天宮、龍山寺那些大廟，從沒聽過她和哪個命理師有牽扯。調閱她所有的通話紀錄，以及清查她近日去過的場所，也全都沒有線索，就像……」

「就像被硬生生抹去一樣。」鳳簫輕易地幫于進做出結論。

于進一怔，確實有這個可能。

「于進，你想的沒有錯，一定有人教她，而且是個高人。」

第三章

「高人？」于進一愣，倒是想起別件事了。「說到這個，簡淑瑩說他們夫妻去找你的那天，劉博嘉身上帶著的平安符起火了？」

「是。」

「那平安符跟顏欣欣這次跳樓的事件有關？」

「不知道，只知道那符是顏欣欣給的。」

「你怎麼知道是她給的？」

鳳簫揚眉，淡淡睞了于進一眼。

「好好好，你練過如來神掌，不用告訴我，謝謝。」于進沒好氣。「關於這個『高人』，你有什麼眉目嗎？」

「那麼好找的話，還叫高人嗎？」鳳簫滿臉不可思議，像是于進問了個多蠢的問題。

目前唯一稱得上線索的東西，就是劉博嘉身上那張被燒掉的平安符，但那符上的術法並未暴露施術者的行蹤，他無法確定是否與顏欣欣家裡的咒術出自同一人手筆。

鳳簫確實還有別的方法可想，比如親自去找顏欣欣之類，但他並不需要向于進說明。

聽了鳳簫所言，于進更加頭痛了。

高人？搞人還差不多！

這樣要怎麼找啊？缺乏有力的線索與證據，只有虛無飄渺的符咒邪術，而且憑的還是鳳簫的一面之詞，他要拿什麼去說服上頭，讓他將這個案件朝向教唆殺人的方向偵辦？即使鳳家在警界小有名氣，也無法如此瞎鬧。

但是，既已聽聞了這些咒術邪法，還把這個案件當作自殺結案，他的良心又過不去。即便于進是個小隊長，理應期望破獲大案立功，他依然胸無大志、希望天下太平，不過，他也無法眼睜睜看著指使顏欣欣做出這種事的人逍遙法外。

萬一接下來像滾雪球一樣，越來越多人搞這些有的沒的，成天想要藉跳樓咒殺他人怎麼辦？

案子要結，現有的線索也得繼續追查，于進寧願被騙也不願輕縱。

而要找高人，當然得靠高人。想到這裡，于進白牙一閃。

「好的，鳳六，我決定了，你就是教唆顏欣欣自殺的最大嫌疑人。」

這口吻是怎麼回事？這傢伙以為他在說「皮卡丘，就決定是你了」嗎？鳳簫忍住白眼的衝動，略略顰眉，不動聲色地打量于進。直覺告訴他，于進一定在打什麼歪主意。

「既然你知道那個符咒是什麼，也明白顏欣欣房裡那些亂七八糟東西的用途，所以我可以合理地懷疑，是你唆使顏欣欣的吧？」于進的口氣居然很歡快。

「你是不信我鳳家？還是不信我鳳六？我若是要教唆顏欣欣下咒，又何必讓劉氏夫婦避禍西南？更何況，若是我打定主意咒殺生人，根本不必如此大費周章，我現在就可以讓你魂飛魄散。」這個當下，鳳簫是眞的很想滅了于進。

「我也可以合理地懷疑是你自導自演，或許你收了顏欣欣一筆錢，又收了劉氏夫婦一筆錢，誰知道呢？」于進笑得十分愉快。

「你究竟是冤枉了多少人才當上小隊長的？」

「隨你怎麼說。總之，爲了證明你的清白，你會想辦法找出眞正的兇手吧？高人。」

原來是要他幫忙，所以二話不說先把他踹進渾水裡？

「我就知道我今年犯小人，只是沒想到是你。」卑鄙！鳳簫對于進無比唾棄。

「難道你想置身事外，看著別人……呃，同門？胡作非爲嗎？」

「你少拿鳳家跟那些不入流的東西相提並論。」同門？同他妹！

「對嘛，我就知道你們鳳家跟一般的江湖術士不一樣。所以，你會協助我吧？」

「那是你們警方的事。」鳳簫撇得一乾二淨。

鳳家雖然是個有著百年歷史的神祕家族，在命理事業上可說是一枝獨秀、收益驚人，但是無論鳳家再怎麼厲害，總歸是個民間單位而已，和一般的宮廟、命理中心並無二致，想把這渾水潑到他身上來，如意算盤也打得太美。鳳簫不以為然地想。

鳳家從前確實與警方合作過，也曾幫忙協尋無名屍或關鍵人物藏身之處，又或者是舉報不法宮廟這類較為具體的情事，更甚者，也與警方一同解決過懸疑難解、具有宗教色彩的奇案。

然而一來因為警方講求科學辦案，不能一碰上棘手案件就去宮廟求神問卜、找道士觀落陰，有損顏面；二來，即便警方眞找上鳳家幫忙，也不便將具體合作細節放在檯面上多談，更何況偵查還不能公開。

所以，鳳家在警界一直是個有點名氣、又不能太有名氣，檯面下頗具影響力、檯面上又不能太有影響力的存在。

鳳家對警方提供過的所有幫助，警方知，鳳家知，警方私下深表感謝，但也僅此而已。

那些鳳家在案件上的輝煌事蹟，最終僅能化為一個又一個繪聲繪影的鄉野傳說，除了令鳳家更添神祕色彩之外，對鳳家的實質收入或地位並沒有太大的幫助。

怎麼幫？警方總不能安個什麼宗教顧問、命理顧問之類的頭銜給鳳家吧？若是傳出去，警方還要做人嗎？

而既然無法帶來收入，那就沒有意義。

廢話，算命的難道不用吃飯嗎？這是鳳五的名言。

所以，鳳簫繼承了上一代主事者鳳五的作風，依然風風火火經營著事業，相命卜算、命名堪輿、開運商品、命理書籍……觸角遍及各處，沒一樣少賺。捧著大把鈔票來請鳳家批命改運的民眾在所多有，隨著卜算的準確傳開，鳳家的聲勢更是如日中天。

既然有這麼多能夠致富的業務，為何要去幫警方調查案件？就算破案了，沒有酬勞便罷，還不能拿出來在檯面上說嘴，這有多委屈啊？

誰要做這種事？起碼鳳簫就是不願做的。

鳳簫對于進的提議流露出深深的不以為然。

「不然呢？你既對那些不入流的江湖術士不屑一顧，也不願協助我，但你又不可能眼睜睜看著那個高人胡作非為，那你要怎麼辦？」

「我自然有我的方法。」若要尋出那個利用咒術操縱人心的幕後人物，鳳簫並不認為警方能有多少用處。

合作？天方夜譚。更何況對方是人、是鬼、是妖都還不知道呢。

「鳳六，我不知道你打算用什麼方法處理這件事，可是那人還是得接受法律制裁，社會畢竟有一套既定的規範。」于進語重心長地道。

社會規範？假若對方是神怪妖鬼呢？難道法律制裁得了？

鳳簫沒有反駁于進，畢竟于進的說法才是所謂的「常態」，而鳳家向來沒被歸類在任何「常態」裡。

「懶得理你，我要走了。」鳳簫明白，于進並無具體事由可以申請拘提或逮捕他，之所以宣稱他是嫌疑人，僅是裝模作樣想逼迫他就範罷了，他才不怕于進這點小把戲。

「等等！鳳六。」于進追著鳳簫出了警局，試圖繼續說服。

兩人才離開警局，便聽見緊鄰著警局的鑑識與解剖中心大樓前傳來爭吵聲。禮儀公司的車暫停在大樓前面，似乎已經有遺體被搬運上車，而站在車旁的禮儀公司員工看起來神情尷尬，不知該如何是好。

于進定睛一看，發現袁日霏也在那裡。

「廖女士，我明白您心中哀慟，但令嬡的死因確實是自殺。」袁日霏已經數不清自己究竟重複了幾遍這番話。

「不可能的，欣欣她一定不是自殺，一定是有人害死她的。」廖女士至少跳針十分鐘了。「袁法醫，妳一定要把死因改成他殺，這樣警察才會去查案，我也才能用我的方式找出兇手……」

用她的方式找出兇手？

天啊！廖女士究竟看了多少刑偵推理劇？袁日霏面色不變，內心其實暗暗叫苦。

「廖女士，您聽我說——」

于進見縫插針，伸指往前一比，繼續遊說鳳簫：「瞧！那位是我們局裡的袁法醫，顏欣欣的遺體就是由她負責解剖，而另一位則是顏欣欣的母親，據說已經纏著我們的法醫師好幾天了，她堅持顏欣欣絕不可能是自殺。鳳簫，所以我才說，兇手還是需要接受法律制裁的，唯有兇手伏法了，家屬才能獲得眞正的解脫。」

兩人一同往袁日霏的方向看去，于進在看袁日霏與顏母的爭執，鳳簫看的卻是袁日霏身後那團曖昧朦朧的形體。

咒化未全的妖？

那半妖隱約散發出劉博嘉那張平安符上的氣息，把自己搞成這樣，想必就是顏欣欣了。

很好，他都還沒動身尋，目標倒是先自己送上門來了。鳳簫勾唇揚笑。

「于隊，老大找你。」于進見袁日霏那頭尚在糾纏，本想上前解圍，未料局內警員來喚，他只得先行離去。

鳳簫眼睫一瞬，袁日霏身後那道朦朧青影驀然逸散。

知道要躲？可惜來不及了。鳳簫唇邊笑意更甚。

「好啦，就這樣，改天再去找你。」于進伸手欲拍鳳簫肩頭，卻被輕易閃過。

「滾，這輩子都別來。」鳳簫說完，還嘖了一聲。他全副心思皆放在半妖身上，斂眸豎耳傾聽動靜。

「呿！」于進笑哼了聲，視線落在袁日霏那兒，愛莫能助地嘆了口氣，才旋身走回警局。

于進走了，對鳳簫來說倒是省事不少，而禮儀公司的人似乎正催促著家屬上車。他顧不得閒雜人等，閉目凝神，靜心感知半妖的氣息，妖氣飄忽不定，顯然有意匿藏，可對他而言仍是清晰易辨。

北……東……七步、五步……很好！

鳳簫眼睫瞬張，左眸竄燃紫焰，右手張布結界，左手掌心翻轉向上，憑空生出一條藤蔓似的長鞭，長鞭飛舞，啪地捲起滿地風沙。

「縛妖索！去！」鳳簫手腕一個使力，左掌藤鞭似有生命般往前奔竄，鋪天蓋地兜纏住尋常人不得見的半妖蹤影。只見化爲半妖的顏欣欣披頭散髮、青面紅目，貓眸般的雙瞳散發異樣光芒。

太容易了！鳳簫揚笑，反手一抓，牢牢收束手中藤鞭，被他捆縛的顏欣欣劇烈地扭動掙扎起來。

痛、非常痛，縛身藤蔓上似有火焰燒灼，令顏欣欣疼痛難耐，淒厲哀號。

結界外無波無瀾、風平浪靜。

袁日霏好不容易送走了廖女士與禮儀公司的人，她剛剛明明還看見于進和一名男人在警局前交談，那男人清瘦挺拔，穿著一襲不合時宜的唐裝，因爲衣著奇異，吸引她多看了兩眼，沒想到男人卻轉眼間不見了。

是她看錯了，還是男人在她未注意時離開了？

無妨，不重要。

袁日霏轉身欲走回解剖中心，又停步，往警局與解剖中心前的停車場張望了會兒，不知在思忖些什麼。

此時結界內風起雲湧，鳳簫與半妖纏鬥正熱。

「省點氣力，妳還沒那個道行。」望著掙扎不已的顏欣欣，鳳簫口吻帶笑，神情愜意，左掌牢牢纏攏著藤鞭，像在欣賞一場滑稽喜劇。

「憑妳那三腳貓功夫就想掙脫縛妖索？要是當時煉妖符畫對了，或許尚有可爲。」

煉妖符？他知道她畫了符咒取魄成妖？除了教她施術下咒的那人，應該無人知曉這件事……

顏欣欣聞言一凜，詭異眼瞳流露出凶光，面目猙獰，掙扎得更加厲害。

「是你……你搞的鬼？我找不到他們，怎麼樣也找不到……是你對不對！」顏欣欣掙脫縛妖索未果，厲聲吼叫。

她找不到劉博嘉與簡淑瑩，無論如何都找不到，她明明鎖定了那對狗男女的生辰，該在彈指間就令他們魂飛魄散。

「我隱去了他們的八字，七七四十九日之內，妳尋破頭也尋不到，而在這四十九日內，我就會除掉妳。」

「與你無關，爲何要壞我好事？」顏欣欣目眥盡裂，怒極長嘯。

「鳳家既受天命，入魔便是我的事。」鳳簫聳了聳肩，說得雲淡風輕。

「天命？原來是鳳家人……」顏欣欣喃喃道，驀然間尖聲狂笑。「你真以爲你在替天行道？天從來就不庇佑我們這些人！」

顏欣欣蓄勢待發，妖氣翻騰，滿腔怒火無法遏制。

「我已經爲他拿掉三個孩子，醫師說我難再受孕，無法生育的女人還有什麼用？而我卻連個名分也沒有！我要殺了他們爲我的孩子償命！我沒辦法有小孩，他們也休想有！都是他們害的！都是他們！他們得死！統統都得死！」

恨！滿腔蔓延的恨！她的青春、她的愛情、她的孩子、她的人生，一切的一切，皆要他們以命作賠。

「死的只有妳而已。」鳳簫淡淡道，緊握藤鞭的左掌更加使力，迫得顏欣欣加倍難受。「他們會過得很好，而妳的母親會因爲失去了妳痛苦一輩子。」

顏欣欣方才出現在那裡，或許只是在看她的母親，並無意迫害生人，說不定尚存一絲善念。

「說！教妳自煉成妖的是誰？老實說的話，或可爲妳聚魄還邪、投胎轉生。」鳳簫扯緊長鞭，右手捏起破妖咒訣，充滿威嚇態勢。

顏欣欣一愣，暢懷大笑。

她早已瘋魔，誰還在乎那些？誰有資格在乎那些？母親？她也是個母親，而她的孩子們都已經死了！全部都死了！死了！就是被那對不要臉的夫妻害死的！

「聚魄還邪、投胎轉生？哈哈哈！你以爲我還在乎？」顏欣欣淒厲狂笑。「想知道教我咒術的人是誰？你堂堂鳳家也有忌憚之人嗎？哈哈哈！」

「不說無妨，妳找的幫手很不錯，可惜對手是我。」鳳簫劍眉一挑，眸光銳利。顏欣欣不說，他有一百種方法陪她玩。

指風瞬起，指尖咒訣蓄勢待發，此時鳳簫的眼角餘光卻瞥見一道身影撞入周邊結界。

誰？于進方才提到的法醫？鳳簫臉色瞬變，只覺不可思議。

鳳氏結界神鬼皆未得入，尋常肉眼更無法窺見結界內部動靜，結界無損，爲何有人能來去自如？

鳳簫被闖入結界裡的白袍身影引開目光，一個失神，顏欣欣瞬間掙脫縛妖索，展臂伸爪朝他而來。

「去死！」顏欣欣長嘯，動作迅疾，黑爪直衝鳳簫心口。

鳳簫側身閃避，風聲從耳邊呼嘯而過，長鞭捲地抽起，眼看就要纏住顏欣欣腰際，顏欣欣卻注意到闖入結界的袁日霏，轉而攻往無辜生人，藉此牽制鳳簫。

「莫傷生人！」無恥！鳳簫大吼，然而鞭長莫及，他趕緊捏起護咒往袁日霏身上一彈。

聽見鳳簫吼聲，袁日霏腳步一頓，眼神疑惑，左右張望。她當然看不見顏欣欣與鳳簫手中的藤鞭，只是怔怔望著眼前來人，實在搞不懂爲何方才消失的男人憑空出現了。

文風未動！鳳簫發出的護咒失效，難得地逼出他額際一滴冷汗。

糟！莫非她的命宮是空宮？

大多數人的命格皆有主星駐守，僅有主星數量多寡與如何分布的差別，除非命宮無正曜主星，才會召不到主星相護。

這機率也太低了……

眼看著顏欣欣的利爪就要落到袁日霏身上，鳳簫已顧不得袁日霏爲何在此，又能看見什麼，一個箭步衝上前便攫住袁日霏的手臂，一把將她按入懷裡，左手掐住顏欣欣的頸項用力一捏，灰飛煙滅。

該死！意識到自己做了什麼，鳳簫面色驟變。

他原本還想和半妖好好玩玩，這下被他弄死了，魂飛魄散，半點不剩，什麼線索全沒了。

鳳簫非常懊惱、十分懊惱，這莫名其妙的女人究竟是哪來的膽，可以闖進他的結界裡？居然還是個命無正曜的倒楣鬼！

護咒無效，他媽的居然這時候無效？

鳳簫滿腔火氣正待發作，尚未低頭罵人，左頸忽感一陣冰涼，袁日霏的臉色比他更加難看，先聲奪人。

「別動，警察。」袁日霏右手拿著解剖刀抵在鳳簫的頸動脈，左手亮出警徽，面色鐵青，眸光鄙夷。

哪來的變態登徒子？光天化日之下，又在警局前面，竟衝過來對她又拉又扯、又吼又抱？是有病嗎！她今天已經煩透了，管他是不是于進的朋友都一樣！

鳳簫和妖鬼交手的經驗不少，被人類拿刀架在脖子上卻還是第一次。爲了慶祝這值得紀念的第一次，他特地認眞看了下袁日霏的刑警證，上面清清楚楚寫了「刑警局法醫室」，還有「袁日霏」三個字。

「妳倒是試試。」鳳簫從容不迫、不疾不徐地扯唇，沒將袁日霏的威嚇與脖子旁的解剖刀放在眼裡。

警察？這年頭警察連開槍射擊犯人都有可能被控訴執法過當，他才不相信袁日霏能拿他怎樣。

袁日霏皺眉，對鳳簫一派輕鬆的態度感到不解。他也未免太鎮定了？而且，是她的錯覺嗎？爲何她覺得他比她更生氣？那瞪著她的眼神居然像是她打擾了他，或是壞了他什麼好事一樣。

他眉頭深擰，相貌俊秀，身上帶著幽微香氣，不是洗衣精的味道，也不是香水，像是花草的氣味。而且，他的左眼居然是藍紫色的？

全世界大約只有百分之八的人擁有藍色虹膜，主要集中在歐洲，由藍色虹膜變異而來的紫色虹膜更是少見，全球不過幾百人，出現在亞洲國家的機率根本微乎其微。虹膜異色症？先天遺傳？後天疾病？虹膜萎縮？抑或是他戴了虹膜變色片？假使他的瞳色是天生的，眞想好好研究一下他的基因座……

袁日霏的數據魂瞬間大爆發，腦中跑過一堆基因圖譜與染色體編號。

但是不對，這些完全不是她現在應該關心的重點。

「你是誰？衝過來拉拉扯扯做什麼？這裡到處都是監視器。」袁日霏警戒地問。

雖然鳳簫沒有進一步的動作，態度相當坦然，一般來說作奸犯科的人眼神也不會這麼乾淨，不過仍不能因此掉以輕心。

「什麼都拍不到的。」鳳簫連一個提問也沒回答。

「什麼？」袁日霏壓根沒聽懂。

「監視器什麼都拍不到，現在才拍得到。」鳳簫右手挪抬，輕易撤下周邊結界。結界本是屏障作用，用以阻絕外界一切干擾，結界內的任何妖人神鬼皆無法被尋常肉眼看見，更何況被監視器捕捉。

所以，鳳簫才會覺得袁日霏能闖進結界裡實在太離奇，更離奇的是，她闖進結界後，似乎並沒有看見顏欣欣與縛妖索，僅是看見他而已。

這樣的情況前所未有，遠遠超出鳳簫的理解範圍，值得好好深究。

「你究竟在做什麼？」袁日霏一頭霧水，她自然不明白鳳簫的舉止有何含意，只覺得這人眞是怪透了。

「假使我說，我剛從一隻半妖手中救下妳，妳信嗎？」鳳簫直視著她的雙眼，直到這時才發現她的眼神透明空靈，彷彿未染世俗之氣。

根據他看相多年的經驗，擁有這類眼神的人通常都是兩個極端，要不就是已經看盡世態炎涼，達到出塵超然的境界，要不就是全然不解世間險惡，所以顯得太過天眞，不知道她是哪一種。

「不信。」半妖？這種虛無飄渺的東西誰會信？莫非他不只是虹膜異色，連精神狀態也有問題？

「那就別問了。」鳳簫神色自若，彷彿被解剖刀架著的人不是他一樣。「我要知道妳的出生日期和時間。」

這是什麼高高在上的口吻？袁日霏一愣。她都還沒向他要證件，他倒是先問起她來了？

「你想知道，我便得說嗎？先回答我的問題，還有，身分證。」袁日霏將警徽收入口袋，朝他伸出左手，右手依然穩穩握著解剖刀，面不改色，半點不讓，可惜鳳簫也沒打算要讓。

「不說也行。」鳳簫聳肩。

「證件。」袁日霏又重複了一遍。

「有本事來拿。」鳳簫說完，眨眼間隔開袁日霏抵在他頸旁的右手。他本就慣用左手，袁日霏選擇他的左側成了失誤。

袁日霏被他突來的動作嚇了一跳，右手翻轉脫逃，更加抓牢解剖刀柄，並伸出另一手制止鳳簫，鳳簫卻像在等著她抬起左手似的，迅速握住她的手掌，居然還捏她的掌骨與指節。

「做什麼你！別動手動腳的。」袁日霏低叱，鳳簫充耳不聞。

搞什麼鬼？

袁日霏被他這冒失的舉動弄得既莫名其妙又羞窘，卻怎樣都甩不開，於是本能地舉起執刀的手往他胸前揮去。

鳳簫沒避開，袁日霏反而因此驚嚇縮手，刀尖劃過他的領口，割出一道鋒利裂痕，再度令袁日霏嚇了一跳。

說時遲那時快，鳳簫伸手搭上袁日霏的肩膀，變本加厲掐她肩骨，像在探索什麼一般描摹她的骨節。

他是眞的想知道她的八字命盤，想弄清楚她爲何能闖進一般人進不來的結界，想知道護咒爲何對她無效。既然她不說，他總得自己想辦法，摸骨也成。

他究竟在做什麼？他不是在攻擊她，卻比攻擊她更令她感到不舒服。

袁日霏本已心浮氣躁，這下更是被鳳簫惹得大爲光火，眞和他鬥起氣來。她兩手握住鳳簫手腕，手肘壓制他上臂，一股作氣就要將他壓倒在地。她當然很有力氣，解剖時打開頭骨與胸骨哪個不需要力氣？

可惜鳳簫輕輕巧巧地卸力一閃，矮身再度站起，居然又不屈不撓地伸手要抓她手掌。

「我已經警告過你了，別動手動腳的！」袁日霏簡直氣極了。

她生性嚴謹，向來清楚分寸在哪，氣惱歸氣惱，也無法眞的將他開膛剖肚，偏偏鳳簫那副天不怕地不怕、「妳能拿我怎樣」的態度簡直令人看了加倍暴躁。

袁日霏氣苦，鳳簫卻愉悅得令人髮指。他覺得她比半妖顏欣欣好玩多了，因此心情瞬間好了許多。

他作勢環抱她腰，她想也不想地轉體向後肘擊，動作乾淨俐落；他伸手抓她喉，她馬上提膝踢他襠部，探手過去就要插他雙眼。

他攻她幾招，她都漂亮接下，可惜惦記著手上那把解剖刀，唯恐眞傷了他，反而成爲她的弱點。

不只會拿刀而已，身手也挺不錯，看來刑警局裡的法醫也受過相當程度的訓練。鳳簫越來越愉快，隱約笑出聲來，還不忘趁隙摸兩下她的手骨與肩骨，氣得袁日霏此生首次嘗到想罵髒話的滋味，也是第一次這麼想看誰躺在解剖臺上。

「你——」袁日霏怒極卻無法順利罵出任何一個字的模樣，終於令鳳簫眞正放聲大笑。

「哈哈哈哈哈！」他實在太愉悅了。

我要殺了他！袁日霏正這麼想，一道身影匆匆忙忙地插進她與鳳簫之間。

「等等，有話好說，你們兩人在警局前打起來是怎麼回事？」于進一手架開一個。

「袁法醫？眞的是妳？妳看起來眞……眞有活力。」于進滿臉不可思議，口吻之驚奇像發現世界奇景。

他才從長官辦公室出來，走到窗邊就看見鳳簫不知和誰在警局前打了起來，那身影很像袁日霏。他本以爲自己眼花看錯了，沒想到眞是她。

平時一天說不上三句話的袁日霏居然會打架，手裡拿著解剖刀，鳳簫的領子還破了？這堪稱本局開春大頭條，于進實在太不可置信了。

「別打了，我來幫你們介紹一下。袁法醫，這位是鳳六，他是我兄弟，是一位……呃……命理學家？」于進緩頰到一半，發現他眞不知該如何定義鳳簫的職銜。相命師？占卜師？道士？命理學家？

算了，不管是哪一個，總之先勸架就對了。也不知道鳳簫是做了什麼好事，居然能惹得向來淡漠高冷的袁日霏如此生氣。

「袁法醫，妳看他長得這麼漂亮，把他當姐妹也可以的，不要跟他計較，有話好說。」于進非常積極地勸架。

誰在跟你當姐妹？鳳簫和袁日霏同時瞪向于進。

可惡的于進，一秒鐘就把他的好心情破壞殆盡，抽屜裡的草人和五寸釘好像可以出來透透氣了。鳳簫默默心想。

「性騷擾，再多一條，妨害公務。」袁日霏壓抑滿腹火氣，音調平板，就事論事。原來這人就是鼎鼎大名的鳳六，那個傳說中神祕又高深莫測的鳳家傳人，沒想到實際上根本是個變態登徒子。

鳳簫會胡說八道，但一板一眼、寡言清冷的袁日霏可不會，于進頓時心驚。

妨害公務就算了，很像亂七八糟的鳳簫會做的亂七八糟事，可性騷擾？

「鳳六，你不能看我們法醫長得漂亮就這樣。」嘖，他還以爲鳳簫清心寡慾咧，就跟以為袁日霏是沒有情緒的洋娃娃一樣，今日眞是大開眼界了。

「別鬧了，我比她漂亮。」鳳簫正色，回應得再認眞不過，完全無視袁日霏的存在。

「好啦，都很漂亮，既然兩位都是美人，那都是自己人。」于進接話接得很順，自己都不知道自己在講什麼，一定是因爲剛才看到的景象太驚悚的緣故。

誰在跟你自己人？鳳簫和袁日霏的眼神再度殺向于進。

鳳簫對于進的愚蠢感到萬分無奈，袁日霏則是怒氣沖沖，覺得鳳簫比于進更加不可理喻。

瞧這人反駁得臉不紅氣不喘，自誇居然跟喝水一樣輕易。他是長得漂亮，但有男人會爲此沾沾自喜，樂於與女人比較的嗎？眞是厚顏無恥。

想起他方才揉捏她掌心與肩頭的動作，袁日霏內心就有股說不出的尷尬與困窘，兩頰可恥地漫紅。

「大不了以後請鳳六幫忙算個命、卜個卦賠罪，趨吉避凶，雖然算得不太準……」于進猶在努力調停。

「何時算不準了？」被砸招牌茲事體大，鳳簫不服氣地問。

「哪裡準？高中時你算了一個良辰吉日，叫我去跟校花告白，結果我去了，連一句話都還沒講到，就看見隔壁班那個誰，提著褲頭從她房裡走出來……」于進義憤塡膺。

「這不是成功挽救了思春少年日後被劈腿的命運嗎？」鳳簫涼涼地道。

「成功你個頭啦！」

袁日霏才沒閒工夫聽他們兩人話當年。

「我對命理沒有興趣。」

句點王說的就是袁日霏這種人吧？于進和鳳簫同時心想。

于進摸摸鼻子，自討沒趣，而鳳簫才不管袁日霏對命理有沒有興趣，他只在乎她的八字、命盤與骨頭。

「好啦，袁法醫，妳大人有大量，不要跟這人計較。沒事了，走吧！我們回局裡。」

于進拉著袁日霏往警局裡走，袁日霏聽于進都說到這分上了，雖對鳳簫各種不滿，也不能不給于進臺階下，只好跟著離開。

霎時間，有件白色的東西從袁日霏身上掉下來，三人目光同時往下望。

袁日霏顰眉。這不是簡霓幫她求的那張上上籤嗎？她分明記得她早就丟掉了，爲何會出現在這裡？

「籤詩？噢，對命理沒有興趣的袁法醫，口袋裡卻有張上上籤？」鳳簫早袁日霏一步將那張上上籤拾起，口吻調侃，說得很故意。

袁日霏抿唇，不回話也不解釋，僅是面無波瀾地將籤紙從鳳簫手中抽回來。什麼上上籤？自從拿到這張籤之後，她似乎就開始倒楣了。先是顏欣欣，再來是鳳六。

她這才想起，好不容易送走廖女士之後，她本來想去買杯咖啡，因此打算走回自己的轎車停放處取錢，未料都還沒走到停車場就遇見鳳六，咖啡自然沒買成。她只覺自己眞是倒楣透頂，心中不禁更加遷怒於這張白紙，將籤詩揉成一團塞進口袋裡，頭也不回地轉身就走。

「袁法醫。」鳳簫喚住她，鳳目微揚。

袁日霏發誓，她眞的是看在于進的面子上才勉爲其難地回頭。

「妳不適合當法醫。」鳳簫勾唇緩道，臉上仍是那副淡然神色。

袁日霏面色一沉，尚未做出反應，于進率先感受到大事不妙的壓迫感，趕忙把袁日霏拉進警局裡，臨走前還瞪了鳳簫一眼，唯恐袁日霏聞言更加不悅，眞要與鳳簫算起帳來。

鳳簫望著兩人走遠的背影，難得地斂眸肅容，若有所思地低頭看著被袁日霏劃破的領口。

太奇怪了，他從沒遇過能闖入結界的凡人，從沒摸過這種骨相，也從沒看過這種面相和骨相毫不匹配的組合，她太弔詭了。

上上籤？那不只是張上上籤而已，還是機率極小的第一籤。

鳳簫鎖眉沉吟，邁步離去。

第四章

誰不適合當法醫？他才不適合當法醫，他全家都不適合當法醫！

遇見鳳簫後幾日，袁日霏穿戴著防護衣、帽，臉上掛著護目鏡、口罩，站在解剖臺旁，目光專注，正聚精會神地解剖今早的第三具遺體。

「好厲害，一整個早上都沒走出解剖室，集中力還一點也沒有下降。」站在一邊的于進忍住哈欠，對身旁的檢察官黃立仁說道。

黃立仁瞥了于進一眼，他與于進配合久了，很明白于進的性格，因此對于進這副吊兒郎當的態度早已見怪不怪。

坦白說，也不能怪于進感到無聊，今日處理的主要是酗酒與藥物濫用的案件——長期酗酒被發現倒臥在自家公寓地下室的死者、吸毒派對上猝死的死者、不確定是凍死抑或飲酒過量致死的死者……

這類案件通常不是太困難，不過按照流程，檢察官與負責警官依舊必須陪同解剖。在解剖室裡待得久了，勢必會感到煩悶，就連黃立仁也有些疲倦。

唯一精神奕奕的，只有在全套防護下僅露出一雙眼睛的袁日霏，她的動作絲毫不見緩慢，和一早進來解剖室時同樣迅捷敏銳、眸光炯炯。

千萬不要惹她，絕對不要！

黃立仁和于進同時摀住重要部位後退了一步，難得如此有默契。

事實上，袁日霏何止是殺氣騰騰而已，她整個人充滿著詭異且強烈的不安，即便她掩飾得很好。

隱藏在護目鏡後的眸光悄悄溜到解剖室一角，那裡站著一團難以解釋的物體。

那個人，不，或許不是人，就站在解剖臺旁，衝著她咧嘴笑，瞪大了血紅雙眼，眼睜睜看著她解剖他的身體，掏弄他鑲著金屬圈環的生殖器。

袁日霏將目光拉回，深呼吸了一口長氣，凝神在眼前的遺體上，壓抑下內心那股越漸攀升的煩躁。

連日來皆是如此。

各式各樣的死者、各式各樣的遺體周邊，總是站著與之類似的形體，瞪直了眼睛，眼巴巴盯著她瞧。

雖然並未聽見它們說話，也並未被它們碰觸，又或者是感覺到它們對她有任何惡意的舉措，但就是能清楚感知到它們的存在。

不影響生活，不影響解剖，可有些惱人。

袁日霏向來不信命運、不信鬼神，驀然出現這種無法解釋的異常現象，令她十分困惑焦慮。仔細回想，這一切似乎都是從那天遇到登徒子鳳六之後開始的。

於是，結束了早上的解剖與下午的庶務，傍晚時，袁日霏終於按捺不住，跑去警衛室調閱幾天前的監視畫面。

她親眼看著自己在解剖中心樓下與廖女士談話，而于進和鳳六從旁邊的警局走出來。之後于進走回警局，鳳六卻憑空消失了。

然後，走向停車場的她也在畫面上離奇失蹤，過了好半晌才和鳳六重新出現，而她的解剖刀抵在鳳六脖子上……再往前呢？沒了。

袁日霏不可置信地回放監視畫面好幾次，雙眸圓瞠，瞧了又瞧。

怎麼回事？鳳六衝過來對她拉拉扯扯的畫面呢？

這到底是什麼情況？

那天鳳六是不是說過「監視器什麼都拍不到，現在才拍得到」？而當時他做了某個動作，他們兩人居然就憑空出現了？

整件事太詭異，遠遠超出她的理解範圍，讓她決心深究。

「告訴我哪裡能找到鳳六。」反覆確認過莫名難解的監視器畫面後，袁日霏快步前往于進的辦公室。一踏進辦公室，她雙手往于進桌面上一撐，整個人散發難言的肅殺與魄力。

「妳找他做什麼？殺人是犯法的。」于進大驚，仰頭望向袁日霏。袁日霏沒事找鳳簫幹麼？只有想行凶這個可能性了。

「你不告訴我，我就自己去調他的資料。」袁日霏毫不遲疑。當然，她是要利用刑警單位的資料庫。

「這也犯法啊！袁法醫。」于進又是一驚。

「所以你到底要不要告訴我？」袁日霏瞇起雙眸。

于進嘴角一抽，頓時驚覺袁日霏和鳳簫根本是同一種人，胡攪蠻纏、瞎闖硬幹，不只胡來，而且還要現在立刻馬上，簡直一模模一樣樣。

「好好好，我跟妳說，妳不要衝動。」誰知道袁日霏會不會對他的重要部位怎麼樣？回想起早上袁日霏切開遺體陰莖前端那股狠勁，于進很快投降了。

取得了鳳簫的地址，袁日霏一臉冷然地驅動轎車引擎，踩下油門，直奔鳳氏大宅。

✦

古榕、小橋、迴……去他的！誰管鳳氏大宅長什麼樣？

袁日霏隨著一位不知是鳳六的助理抑或是管家的人物，穿過幾乎令人眼花撩亂的重重迴廊，腦子裡充斥著「這個變態登徒子神棍究竟斂了多少財」這類偏激念頭，全然沒有欣賞古厝老宅的雅興。

她被領到一間寬敞的接待廳，領她前來的那位先生為她沏了壺茶之後，請她暫時在這裡等著，便自行離去。

等什麼？想見鳳六居然還要等通報嗎？眞是好大的排場。

袁日霏耐著性子坐下，啜了口茶，環顧四周。周邊置放的皆是古雅的中式家具，太師椅、八仙桌、窗花、屏風，牆上掛滿字畫，古色古香。

等了許久，直到杯內茶湯飲盡，都還未見鳳六身影，袁日霏略感不耐，蹙眉起身，隨意在廳內走看。

十步、九步……她究竟要走得多近，才能看見他早已在廳中？上次她莫名其妙闖入他布下的結界，今日也行嗎？

鳳簫坐在角落的太師椅上，手肘支在桌面，好整以暇地撐著下巴打量袁日霏。他早在管家領她前來時先行入廳，在身前設下屏障，為的就是想弄明白袁日霏究竟是什麼樣的存在。

袁日霏直到現在都還沒有發現他，意即她在結界外無法看見結界內的人事物，與一般凡人無異。但踏入結界後呢？

上回她意外闖入，似乎僅能見到他的身影，並未察覺半妖，倘若她今日也能擅入……一步！

「嚇！」袁日霏停下腳步，默默吞回倒抽的長氣，瞇眸定睛看清眼前的男人。

鳳六。

他忽然出現在角落那張空著的太師椅上，就這樣坐在那裡看她。

和那天相同的情形，和監視器畫面所呈現的狀況一模一樣，這到底是……

袁日霏穩住過快的呼吸，不可思議地打量鳳簫，再低頭望向自己的腳，然後目光拉回至他身上，緩緩後退。

一步、兩步……鳳六又不見了。

太師椅上的鳳六身影消失無蹤，僅餘空蕩蕩的椅子。

袁日霏確認了好一會兒，戰戰兢兢地再循原路線往前踏兩步，發現人又出現了。鳳六維持著同樣的姿勢，好端端地坐在太師椅上，從容地與她對望。

她在試他，他也在試她。

鳳簫將她的小動作看在眼底，不可否認心情有點愉快。她意外的冷靜與聰明，小心翼翼地反覆實驗，不偏不倚地爲他內心的疑惑提供了解答。

目前已知她果眞能輕易進出結界，而在結界外無法窺見其中動態，與他的推想一致。

「你一直在這裡？」袁日霏站在可以看見鳳簫的結界範疇裡，聲調平板地發問。她感到一種難以名狀的詭譎，理智上無法接受，卻不能否認眼前的事實。

鳳簫很有興味地點頭。

「你對我做了什麼？」莫名其妙在解剖時看見死者的不明形體，又莫名其妙看見無端出現的鳳六……她知道這問題問得奇怪，但她合理推測這一切與鳳六有關，相信鳳六會明白她在問什麼。

可惜鳳簫就算明白，也沒有打算好好回答她的提問。開什麼玩笑？這可是他這輩子第一次遇到敢拿刀架著他的傢伙，記恨只是剛剛好而已。

鳳簫瞇眸，眼睫懶懶一抬。「見過我之後，對我朝思暮想、心心念念的人也是在所多有。」

「誰對你朝思暮想了？」袁日霏太陽穴一跳，「雷」這個字已經不足以形容她此刻的心情了。原來他繼說自己漂亮之後，還能有更雷的發言，是孔雀嗎？閒來無事就要展屏。

「誰來找我就是誰。」鳳簫揚眉，扯唇微笑。

「你聽著，我不想陪你瞎扯，我——」袁日霏只想趕快切入主題，可說到一半又猛然收聲。

不對，她確實在瞎扯，她急匆匆跑來找鳳六做什麼？難道要和鳳六說，自從那天碰上他之後，她總會看見死者站在眼前瞪著她解剖嗎？這不叫瞎扯，什麼才叫瞎扯？

「妳什麼？」鳳簫很感興趣地追問。

「我……你……算了。」袁日霏氣結，也不知是被他氣的，還是被自己氣的。

「我看了那天的監視器畫面。」她決定先從比較容易理解的部分說起……不，這件事有比較容易理解嗎？袁日霏覺得她的判斷力似乎正在逐漸崩壞。

「噢？妳已經思念我到這種程度了？」幼稚的孔雀還在跟她計較。

「你明明知道我在說什麼。」不可理喻！袁日霏氣苦。

「要告白的話快，給妳三分鐘。」鳳簫抬手指了指腕錶。

殺人是犯法的，不過怎麼她就是沒把解剖刀帶出來呢？

袁日霏深吸一口氣，在心中迅速默背了幾條號稱最難背的數學公式，心情總算平靜許多，試圖有條不紊地進行說明。

「你憑空出現，又憑空消失，在那天的停車場，在這裡，就是剛才，就是現在。」袁日霏踩出她看不見的結界範圍，然後再度踏入，看著鳳六無端消失又出現，像在說服自己她所說的一點也不荒謬。

她這麼快就整理好思緒了？

沒有被惹惱過後的賭氣，沒有放不下的尊嚴，鳳簫再度輕笑，不禁對袁日霏有幾分改觀與讚賞。換作于進或是其他人，應該早就崩潰了。

「嗯。」鳳簫頷首，決定大發慈悲地暫時解除記恨模式。

「另外，自從那天遇到你後，解剖時我……我好像會看見死者。」袁日霏抿唇稍頓，實在不敢相信自己有朝一日會說出這種話。

鳳六會怎麼想？以為她是個神經病，精神狀態有問題？抑或是鳳六的精神狀態也有問題，所以根本不以為意？

也罷，她不在意鳳六怎麼想，只想趕緊弄清楚這光怪陸離的一切。

「當然得看見死者，看不見死者，妳怎麼解剖？」鳳簫聳肩，問得似笑非笑，實則內心一愣，同樣感到震驚迷惑。因為不甚確定，只好不著痕跡地出言試探。

她指的是什麼？鬼？難道繼闖入結界後，她又開發了什麼新技能？他從來沒有遇過這種人，袁日霏謎樣得太弔詭了。

「我不是指死者的遺體，我是指……那算什麼？靈魂？鬼？」袁日霏有些挫敗，開始覺得後悔。她應該先去求助身心科，而不是沒頭沒腦地跑來找只見過一次面的鳳六，嘴裡說著這些連自己都不太相信的鬼話。

「我不知道那是什麼，總之就是死者的模樣，靜靜站在遺體旁……沒有出聲，似乎也沒有惡意，只是看著我，就是看著我而已。」

不僅能自由進出結界，還能看見靈體，只是聽不見？鳳簫在心中整理好她的資訊，牢牢記住。

「噢？不然呢？妳期望它們做點什麼嗎？妳以為人死了之後，就會立刻拿到一本《完全作祟手冊》嗎？《作祟３６５》？」

「我當然不是這個意思。」《完全作祟手冊》是什麼鬼？袁日霏沒好氣，只覺這人眞的很難溝通。

「不然呢？」鳳簫涼涼反問。

「我不知道，我沒有辦法解釋，這一切都太奇怪了。」

注視著她略帶懊惱的模樣，鳳簫內心的困惑其實不比她少。他決定不陪她玩了，說多少算多少，她想聽就聽，不聽拉倒。

「妳不明白，我也不明白，我沒有打算爲難妳，但我確實幫不上妳的忙。」

「什麼意思？」袁日霏偏首。

「就是字面上的意思。」鳳簫聳肩。「妳問的這些事情，我沒有答案，我和妳一樣，不清楚究竟哪裡出了問題。」

袁日霏保持沉默，安靜地打量他，像在思忖鳳簫的話有幾分眞切。

「妳也發現了，妳在這個區域內看得見我，離開這個區域則無法。」鳳簫在地上劃出一條袁日霏看不見的界線，那當然是他所設下的結界範圍。

袁日霏隨著他的動作往下望，再將視線拉回至他臉上。

「我確實發現了，但，爲什麼？」

「我在這裡布下了結界，也就是用以阻絕外界的屛障，照理來說，像妳這樣的凡人應該是無法闖入結界的。這不是正常情況，妳也是我無法解釋的存在。」

「結界？」這是什麼二次元或異世界的術語？袁日霏琢磨了會兒，雖感到十分不可思議，還是試圖想找出合理的脈絡。

「那麼，假若是別人呢？我的意思是，你所謂的『正常情況』？」

「就會看到路，可卻不是路；以爲走進了，其實並沒有。」

聽起來很耳熟，好像是個時常聽到的說法？袁日霏攏起眉心。

「就是俗稱的鬼打牆。」鳳簫頷首，他由袁日霏的表情得知她聽懂了。

「所以，那天我闖入了你的結界，監視器拍攝不到，但後來監視畫面又出現了影像……是因爲你撤除了結界？你能隨意設置或解除？」

「是，我可以。」

「那麼，我之所以能看見死者的靈魂？」

「這一點我無法解釋，就和妳爲何能在結界內自由來去一樣，我不明白原因。這並不是我對妳做了什麼的緣故。」

他什麼都回答了，也等於什麼都沒回答。

袁日霏打量他，雖不滿意，但若鳳六執意僅能提供這麼多訊息，她確實拿他沒轍。更何況，他似乎也沒什麼需要欺瞞她的理由。

「妳想知道爲什麼，我也想知道。來，八字給我。」鳳簫話鋒一轉，非常務實提出要求。

「不要。」袁日霏想也不想地拒絕，一秒豎起雷達。

「那手給我。」鳳簫皺眉，退而求其次。

「也不要。」袁日霏更加警戒，甚至後退了一步，唯恐他像上回一樣伸手便摸。

「妳配合度眞的很低，告白是這種態度嗎？」鳳簫不滿了。

「我才不是在告白。」又告白？湊佳苗的粉絲嗎？夠了沒？

袁日霏瞪鳳簫，鳳簫不甘示弱地瞪回去。

「妳說過對命理沒興趣，所以壓根不相信這些怪力亂神，但妳現在也看見了，這世界上確實有妳弄不明白的事情，既然如此，妳爲何還這麼堅持？」

鳳簫覺得他眞是好人做到底，自找罪受。

那麼多人捧著金山銀山來求他批命改運，他竟然要對袁日霏好言相勸、半哄半騙地求她給出八字？

若不是她這麼詭異，他何時需要拿熱臉貼誰的冷屁股了？她以爲他想啊？

「就算妳自己不相信，也別低估這些事在他人心目中的地位，妳不知道這些妳不屑一顧的事對我們而言有多重要。」鳳簫說到後來，語氣明顯不悅，可袁日霏比他更加不悅。

「我當然知道這些事對你們而言有多重要！」袁日霏驀然大吼。她怎會不知道？她不就是因此成爲孤兒的嗎？

若不是有他們這種怪力亂神的神棍，鎮日信口開河，她又怎會連親生父母都沒見過？

簡直像是貓被踩到尾巴的反應。袁日霏這麼反常，令鳳籬原本的不悅反而消失了，取而代之的是更多的好奇。

「看來袁法醫脾氣不太好。」踩到地雷了？為什麼？曾經有人為她批過命？鳳籬瞇細了長眸，暗中思忖。

「只有你會激怒我而已。」袁日霏實話實說。她都已經忘了她上次動怒是什麼時候，五年前？十年前？

「甚感榮幸。」鳳籬口吻一貫的涼淡調侃。

「不是在稱讚你。」袁日霏雙手抱胸，做出典型的防衛姿態。新仇舊恨同時湧上，上回的帳她都還沒算完呢。「你上次為什麼說我不適合當法醫？」

「這份工作對妳而言很危險。」鳳籬說得輕鬆。

「怎麼說？」袁日霏揚眉。

「既然妳能在結界中自由來去，在布界者眼裡就是個威脅。布界者勢必是要藏匿些什麼，才會設置結界，哪能讓妳隨意進出、壞人好事？妳以為每個人都像我一樣善良？快跟我說謝謝。」鳳籬說的是事實，但態度實在教人不敢恭維，惹得袁日霏更加氣惱。

他眞的是各種賣弄，從沒見過臉皮這麼厚的人！果然是孔雀。跟他說謝謝？她才應該跟孔雀說對不起咧，居然拿鳳六和孔雀相提並論。

「幹麼一直盯著我？」見她怒極，似乎想罵些什麼，又礙於教養抑或是其他理由，硬生生將嘴邊話語吞回去的模樣實在非常紓壓，鳳簫好笑地問。

「你的眼睛？」袁日霏指了指自己的右眼示意，對應他藍紫色的左眸。

「怎？漂亮？」鳳簫興味盎然地扯唇。

「是虹膜異色症，如果是後天形成可能造成虹膜萎縮，請定期至眼科接受檢查。」袁日霏冷冷地道。討厭的孔雀！拔光他的毛！

「……是天生的。」聽見預料之外的回答，鳳簫臉色一沉，又和她計較起來了。誰虹膜萎縮？她才虹膜萎縮！

「妳聽著，妳討厭我，我也未必喜歡妳，妳的存在對我而言很麻煩、非常麻煩。」鳳簫一邊賭氣，一邊嚴肅地道。

他是眞的沒必要管她死活的，非親非故，不過才見第二次面而已。

天知道他有多想放生她？管她能不能進出結界、能不能看見妖鬼，又會不會惹到哪方人物。

但是，既然已知道了她的不尋常，放任她暴露在危險之中並不厚道。這不是奉行天道的鳳家該有的作爲，身爲鳳家傳人，他還是很有家族自覺與使命感的。

上回已知護咒對她無效，那麼若要護她安危，就無法憑藉外在術法，必須倚靠他本身的靈能，比如直接匯聚靈力或眞氣，在她身上按壓指印或標記之類，將她徹底納入鳳氏的保護範疇裡。

可是，他憑什麼要爲她做到這種地步？

撇開與她不熟，實在不想冒然爲她做這麼多這個原因，鳳簫也不確定此舉是否會將她推入更大的險境，吸引忌憚鳳家靈能的妖鬼將她視爲眼中釘，欲除之而後快。

進也不是，退也不可；護她也不是，放任她不管也不能。這眞是個天大的難題，堪稱鳳簫至今爲止遇過最困難的選項。

越想越生氣，鳳簫不禁盯著她喃喃：「妳眞是我的業障。」

業障？這是什麼沒禮貌的說法？該說他很有新意，還是很會激怒人？

「你才是我的業障。」簡直無法溝通！袁日霏音調持平，內心卻想以高八度音量破口大罵。

「相欠債？」鳳簫的語氣疑惑得很認眞。

他這麼認眞，反而令人更加上火了。

「欠個鬼！」爲什麼他就是有讓她使用驚嘆號的本事？袁日霏非常懊惱。

「好吧，業障小姐，慢走不送。希望妳不會因爲碰到什麼棘手的事來求我。」

「我才不會來求你！」誰是業障小姐了！

「燒炭。」于進一見她來，旋即指了指屋內浴室的方向。

「好。」袁日霏頷首後繼續前行，黃立仁和書記官跟在她身後。

浴室裡被熏得焦黑斑駁，地上放著炭盆，死者倒臥在地，氣窗縫隙以毛巾塡實，並用寬版膠帶貼牢，門旁地面也有脫落的膠帶和毛巾，約莫是于進他們到達現場時，爲了開門弄掉的。

鐵皮屋內的門窗早已全部打開通風，但爲防是他殺案件，需要採取兇手指紋，因此浴室氣窗上的膠帶及毛巾暫時沒有撤下。

「死者趙炳南，六十歲。問過巷口那間雜貨店，炭盆和木炭確實是他本人去買的，因爲現在不是中秋節前後，買炭盆的人少，一問老闆就知道了。老闆說當時還特地進倉庫找貨，絕不會記錯。」在袁日霏蹲下查看遺體時，于進一邊告知她情況。

「好。」袁日霏點點頭，示意聽見，檢查遺體的動作未停。

屍僵明顯，角膜已經乾燥，開始呈現混濁，按壓屍斑褪色，但沒有消失。屍表沒有外傷的痕跡，頸部沒有勒痕，有脫糞的情況，很符合一氧化碳中毒、缺氧致死會呈現的狀態。

「進來時測量到的室內一氧化碳濃度是多少？」袁日霏問。

「九百ppm。」一旁的偵查佐回答。

「浴室面積呢？」袁日霏仰首再問，方才回話的那位偵查佐再度給出另一組數字。

「好，謝謝。」袁日霏沉吟了會兒，進行心算，然後頷首，繼續勘驗。

「預估死亡時間有十二小時了，初判是一氧化碳中毒致死，至於有無服用藥物，要看黃檢認為有沒有必要做藥物檢驗。」確認完畢，袁日霏淡淡下了結論。

部分燒炭自殺的死者為了減輕痛苦或確保死亡，會先服用安眠藥或其他藥物，雖然目前看起來不是藥物致死，但有了上回顏欣欣家屬堅持解剖的先例，她現在已經很習慣把問題交給負責檢座。

「有受到攻擊或是被移動過的可能嗎？」以防萬一，黃立仁問。這類案件也有可能是遭到毆傷昏迷，然後才被搬動至浴室，製造燒炭死亡的假象。

「沒有。」袁日霏搖頭。「偵查佐說，進屋時測量到的室內一氧化碳濃度是九百ppm，根據浴室的面積來計算，要燒炭令一個成人死亡，室內一氧化碳濃度最高應該能夠達到一千六百ppm左右。從第一發現人發現遺體，報案，經過一次開門，再到員警們進入浴室，第二次開門，此處經過兩次開門的散逸，測量到九百ppm這個數值在合理範圍內，確實是能夠致死的濃度。而遺體沒有外傷，屍表也呈現出未被搬動過的狀態，並無死後才被移動過的疑慮。」

趙炳南的遺體看來就是非常典型一氧化碳中毒，任何一點不尋常的皮下出血都沒有。

「目前現場也沒有外力介入的跡象，或是被闖入、被施暴脅迫的情形，還有，這是在客廳找到的遺書。」于進適時插話，遞了證物袋過來。

比袁日霏早抵達現場的黃立仁早就看過遺書，他知道于進是拿給袁日霏看的，於是側過身子讓袁日霏看得更清楚。

袁日霏低頭瞧去，遺書上面寫著——

女兒沒了，我也不活了。

女兒沒了？沒了是什麼意思？失蹤了？離家出走了？死了？這說法也太含糊曖昧。

「他女兒呢？」正常人第一時間都會這麼問。沒遇到鳳六的時候，袁日霏絕對認爲自己是正常人。

「誰知道？」于進聳肩，依然是那副吊兒郎當的模樣。

「屋子裡裡外外都沒看見他女兒，手機聯絡不上，鄰居也說這幾天沒見到人。不過，他們和鄰居的互動似乎不太好，鄰居提起他們都沒好話。」

「怎樣的沒好話？」袁日霏又問。奇怪了，是鳳六太張揚的緣故嗎？怎麼她現在覺得每個人說話都太含蓄？

不對！她幹麼一直聯想到鳳六？一定是稍早快被鳳六搞瘋的關係。

袁日霏連忙撇開這些亂七八糟的心思。工作工作工作！

「就說趙炳南的女兒趙晴交友關係很亂，又吸毒，時常帶不同男人回家，毒癮發作時，整條巷子都聽得見她潑婦罵街。雖然這半年幾乎沒聽過了，不過街坊們還是很不喜歡她，連帶著遇見趙炳南也是能閃多遠閃多遠。」

「那趙炳南的遺體是誰發現的？」假如大家都避之惟恐不及，燒炭自殺的遺體怎能這麼快被發現？

「社工發現的啊！幸好及早發現，不然等我們來的時候，就……嘔……總之，感恩社工。」于進一陣哆嗦，想起某種畫面，不說了。

燒炭自殺是高溫環境，遺體腐敗得快，檢警接獲通報趕往現場時，時常遺體已經腐爛生蛆，遍地屍水，像今日這樣只是脫糞，遺體尚稱完好的案件反而少見。剛剛應該向那位社工磕個頭的，于進想著，有些後悔。

黃立仁再次確認了，要讓于進好好說明情況有點困難，於是他微微嘆了口氣，對袁日霏解釋：「趙晴有毒品前科，念在初犯，目前在家進行戒癮治療，社工會定期訪視。這次就是社工要進行例行家訪時，一直聯絡不上兩人，擔心有什麼狀況，情急之下找了鎖匠來開鎖，才在浴室裡發現了趙炳南的遺體。」

「原來如此。」袁日霏應聲。這世界上還是有黃檢這種跟她頻率比較搭得上的同件，眞令人欣慰。

「遺體沒問題？」黃立仁再度向袁日霏確認。

「嗯。」

「那先送冰存，等確認過遺書字跡，做完相關筆錄，再看看有沒有解剖必要。」

「好。」袁日霏說話的同時，其他同仁已經過來，準備將遺體移進屍袋。

「趙晴的下落要持續追蹤，失蹤人口也是案件。」黃立仁向于進交代。

「知道了，黃檢，已經在做了。」他好歹也是個小隊長，這還用得著黃立仁提醒嗎？于進得意地回。

「鑑識組還有什麼沒完成嗎？」黃立仁又問。

「沒有。」鑑識組員搖頭。用來封起浴室縫隙的毛巾已經裝入證物袋，膠帶上的指紋也已完成採樣。

「那就走了，大家辛苦了。」黃立仁一說完，屋內所有人都隱約有種如釋重負之感，加緊了手上動作，想盡快收尾，早點回家。

眾人陸續結束工作，袁日霏收拾好相驗包，確認遺體順利搬運後，正準備跟著大家走出屋子，卻在經過客廳時停下腳步，眸光落向角落一扇掩上的房門。

掩著的房門？爲什麼？是風？

從她進屋到現在，沒有感覺到風，也沒聽見房門被風關起的聲響，是在她進屋之前關上的？

同仁們絕對檢查過這間房間了吧？

但于進不是說，屋子裡裡外外都沒見到趙晴的蹤影？那特地關房門就太奇怪了。通常檢警爲了勘驗現場有無可疑之處，會一一查看屋內每個房間、每個角落，而確認完之後很少會特地掩上房門。

或許別的單位有這樣的習慣，但袁日霏和這群同仁共事已有一段時間，明白這並非他們的風格，心中異樣之感更甚。

袁日霏站在原地想了想，還是決定掉頭折返。

她旋動門把，小心翼翼推開緊閉的門扇——

映入眼簾的赫然是具女屍。

怎麼可能？

這麼近的距離，床上明顯躺著死者，那毫無生氣的姿態，時常進出案件現場的人都不可能錯認。

袁日霏心中一驚，迅速調整好呼吸，慶幸自己手套和口罩都尚未脫下，探頭便往門外喊：「黃檢、于隊！」

時間已經晚了，想到大家都已經在準備收隊，現在卻憑空冒出一具遺體，免不了又是一番折騰，於是袁日霏直接踏入房裡，先行相驗，試圖縮短同仁們的作業時間。

遺體正面仰躺在床，無外傷、無出血，現場沒有血跡。角膜混濁，屍斑固定，屍僵已經開始緩解，死亡時間超過二十四小時，比趙炳南早了許多。

腹部明顯隆起……是懷孕了？

從外表來看無法正確判別腹中胎兒週數，若查不到相關醫療紀錄，便得靠解剖確認。

而床邊與地上皆散落著新舊針頭與白色粉末，遺體露出的手臂也遍布著針孔。袁日霏想起下落不明的趙晴有毒品前科，並且正在接受戒癮治療。

藥物過量致死嗎？這也得靠毒物檢驗。

袁日霏暫且做出初步判斷，起身環顧房內擺設，在書桌上看見孕婦手冊，封面姓名寫著趙晴；一旁立著幾個相框，相片中的女子與床上的遺體面貌、體型相符，幾乎能肯定死者便是趙晴無誤。

死亡時間比趙炳南早了十二小時，所以趙炳南遺書上寫的「女兒沒了」，約莫是指趙晴的身亡……于進和黃立仁怎麼還沒來？

袁日霏走到房門口，正欲再喚，便看見于進匆匆忙忙跑到她面前：「袁法醫、袁法醫！」

「于隊，快進來，房裡還有一具遺體，是趙晴。」袁日霏想也不想地回話，未料于進忙不迭撇頭，彷彿沒看見她一樣。

「袁法醫呢？」于進轉眼又從她面前跑開，疑惑地在屋內四處亂轉。

奇怪？這麼近的距離，即使沒聽見她說話，也總該看見她吧？

袁日霏才在納悶，黃立仁隨後闖入她的視野，問于進：「看見袁法醫了嗎？她的車就停在外面，人還沒上車。」

怎麼回事？

袁日霏本想邁步出房，腳步驀然一頓，垂眸望向自己的足尖，發覺這情景似曾相識，好像稍早才發生過。

她站在鳳宅的接待廳內，往前走便能看見鳳六的身影，退後則無法。

鳳六說，那叫結界，照理來說，像她這樣的凡人是無法踏入的。

這裡？趙晴的房間？結界？

莫非她人在結界裡，所以結界外的于進和黃立仁都無法察覺她的存在？

不不不，不要被鳳六的話語迷惑，不會有這種事的。

「鈴——」

口袋內的手機猛地響起，袁日霏脫下一隻手套，按下通話。

「袁法醫，妳人在哪？」說著話的于進又跑過來，在她眼前站定，就站在她眼前不過四、五步距離。

這種情況，就算于進眼睛被摀起，沒看見她的人，總該要在撥打電話時聽見面前傳來鈴響。

「我……」袁日霏聲音乾澀，面對如此詭異的情狀，一時間竟不知道該從何開口。「我在角落那間房裡，趙晴的房間。」

「趙晴的房間？」于進疑惑地東張西望。「哪有？我就在趙晴房裡啊。妳別玩了，大家都在等妳呢。」

「你在趙晴的房裡？」

「對啊，角落那間嘛！書桌上有趙晴的生活照，旁邊有衣櫥、床，門把上還掛了支雨傘……」

袁日霏隨著于進的話語張望，確實有他提及的那些擺設和物品，可是在她眼中看來，于進並未踏進這間房，僅是在房前亂轉而已，這景象簡直荒謬得可以。

「就會看到路，可卻不是路；以為走進了，其實並沒有。」

于進在袁日霏面前自顧自繞了幾圈，袁日霏腦中浮現的卻是鳳六這句話。

「找到袁法醫了嗎？」黃立仁再度走到于進身旁。

「袁法醫說她在這間房裡，可這間房那麼小，哪裡有袁法醫？她耍我吧。」于進滿臉莫名其妙，黃立仁也來回走動，四下尋找。

袁日霏本以爲黃立仁的眸光與她對上了，卻在黃立仁偏頭張望的瞬間發現一切僅是她的錯覺，根本沒有人看得見她。

「我……我在外面了，你們也出去吧，等等就和你們碰頭了。」袁日霏絕望地切斷通話，回眸望了床上的趙晴一眼。

她在一個未知的空間裡，而這裡有一具屍體。

她一個人無法將遺體搬運出去，即便她可以先拍照，或是先將能採集的物證帶出去，也只會更令人難以置信，徒增恐慌罷了。

眼下誰會相信她？誰又進得來這間房？

「所以，那天我闖入了你的結界……你能隨意設置或解除？」

「……如果誠心誠意地說句『鳳六，我需要你』，我或許會考慮喔。」

世界末日不過爾爾，天崩地裂都無法形容袁日霏此刻的心情。

業障。她正在遭遇畢生最大的劫難。

袁日霏以手機拍攝了幾張現場與趙晴遺體的照片，五味雜陳地提步離開房間，若無其事地與于進與黃立仁會合，全然沒發現有雙眼睛注意著她的一舉一動。

✦

將趙炳南的遺體送回解剖中心冰存，寫完報告之後，已是晚上九點了。

袁日霏回家，經過一番思考與洗漱，計算好時間，小睡了會兒，再度驅車前往鳳宅。

她必須帶鳳六去趙晴家裡解除結界，才能順利將趙晴的遺體搬運出來，但鳳六並非警方人員，帶他去現場是違紀之事，她得趁深夜潛入才行。

凌晨三點來鳳宅，別說鳳六了，就連袁日霏自己都不敢相信。

應門的管家和上次是同一位，對於有人深夜來訪這件事，他表現得相當淡定，打開門看見是袁日霏，連眉頭也沒皺一下，稀鬆平常地將人領進接待廳，同樣爲她沖了壺熱茶，將茶湯斟進茶碗裡便離開。

有了上回的經驗，袁日霏不急著喝茶，而是一步步將接待廳踏個徹底，覺得自己像在玩什麼踩地雷遊戲，稍一不慎就會引爆出異世界大魔王。

鳳六已經在這裡了嗎？

沒有……這一步沒有，那一步也沒有，每個角落都沒有鳳六的身影。

袁日霏已經分不清自己究竟是鬆了一口氣，還是感到有些失望，確認過四下都沒有鳳六之後，她捧起茶杯，隨意選了個角落站著，瞬也不瞬地盯著牆上龍飛鳳舞的字畫瞧，腦中飛快閃過許多念頭。

鳳簫站在廳外，見她遲遲沒發現他的到來，刻意清了清喉嚨刷了下存在感，隨意揀了句話開口：「妳上次來也一直看著這些字，喜歡書法？」

傍晚時才撂過狠話說絕不會來求他，這麼短的時間，又大半夜來訪，想必是真碰上什麼棘手的事情吧？

既然看見他來了，還不快跪下！快露出既懊惱又不得不屈服的表情求他！鳳簫既愉快又惡劣地想。

「不算喜歡，我只是在看，這些書法字的角度好像可以用微積分算出來，或許符合1.618的黃金比例。」袁日霏頭也沒抬，回答得很自然，猶自沉浸在數理宅的幸福世界裡，對鳳簫已經到來這件事渾然未覺。

「……」假若有什麼軟釘子或閉門羹比賽，她一定能輕易拔得頭籌。

到底誰看書法會聯想到黃金比例？鳳簫的太陽穴跳了兩下。

沉浸在自己世界裡的袁日霏後知後覺地轉過頭，直到此時才意識到鳳簫的存在，還很過分地「咦」了聲，險些沒將鳳簫氣死。

這哪是有事相求的態度？

「三更半夜來找我，遇到麻煩事了？就說妳話別說太早吧。」主從關係得好好釐清才行，鳳簫重振旗鼓，立刻又將姿態抬高。

「烏鴉嘴。」袁日霏回應得不鹹不淡，口中說的話完全不是鳳簫想聽見的。

「我比較樂意妳採用料事如神這個說法。」到底會不會講話啊這人？鳳簫皺眉。到底夠了沒啊這人？眞想一掌拍平他，不然一刀剖開他也可以。

袁日霏時時刻刻都要提醒自己公事公辦，和鳳六說話絕對得將情緒抽離，免得產生消滅他的衝動，而這也是她之所以到現在都顯得如此波瀾不驚的原因。

強大的意志力！自從認識鳳六後，她的情緒管理提升了好幾個等級。

「你知道我要來？」見他儀容整齊、精神抖擻，袁日霏顰眉，換個話題。

「確實沒有太意外。」鳳簫依然是那副涼涼的模樣。

「爲什……」見鳳六又要囂張得意起來，袁日霏立刻將啣在嘴邊的問句吞回去，免得他又回些什麼「天機不可洩漏」或是「我練過如來神掌」之類的垃圾話。

「算了，你不用說，我不想知道。我需要你，走，跟我去一趟現場。」

鳳簫頓時無言了。

他之前和袁日霏說好好求他，誠心誠意地說句「我需要你」的用意，本來只是想看她氣極跳腳，不甘屈服，卻又不得不妥協的鬱悶模樣。

結果呢？人家現在來也來了，話也說了，沒有跳腳、沒有懊惱、沒有不得不妥協，口吻平淡得要命，哪還有什麼樂趣？

句點王果然不同凡響，口頭上和心靈上都同時句點了。

鳳簫內心一陣嘔血，倒是被勾起了好奇心。她究竟碰上什麼麻煩事，可以讓她在這麼短的時間內整理好情緒，權衡過後，如此平靜地來找他？

「我有說我要去嗎？而且，妳帶我去現場是觸法的吧？」鳳簫總算認眞起來了。

「當然觸法，否則我爲何選在深夜來找你？」不就是爲了不驚動別人嗎？鳳六既不是檢方，也不是警方，只是個徹頭徹尾的局外人，怎能進出案件現場？袁日霏早已詳加考慮過。

言下之意，就是要深夜偷偷摸摸帶著他潛入就對了。

「究竟是什麼事？」鳳簫揚眉。這大概是他從踏入廳裡到現在，問得最像樣的一句話。

袁日霏抿了抿唇，簡單地說明案件現場似乎設有結界，而結界內有具遺體的事。即使要違法帶鳳簫至現場解除結界，本著偵查不公開的原則，對於趙炳南父女的案情，袁日霏終究沒有透露太多。

「爲何不當作沒看見？」知道袁日霏的打算是半夜三更帶他進入現場，解除結界，一早再通報于進，進行遺體的搬運與勘驗後，鳳簫問得很理所當然。

「當作沒看見？」袁日霏一愣，顯然這個選項從來不在她的考慮範圍內。

「妳只是個凡人而已，當作不知道也是個辦法，何必爲了一具陌生的屍體冒這麼大的險？私自帶第三人進入現場這件事被發現的話，妳會受到什麼處分？而且，已經勘驗過的現場，經過一夜之後尋獲第二具遺體這件事，怎麼說都太荒謬。」

她總有個什麼必須堅持這麼做的理由，讓她可以放下身段與尊嚴來找他。鳳簫很想知道理由是什麼，也許那理由足以說動他一同前往。

「那是一具屍體，我怎麼可能置之不理？那是一個死掉的、曾經活生生的人，假如她是遇害，活著的時候已經沒人救她，死了之後也沒人幫她，豈不是太淒涼？再說，就算她是意外或自然死亡，遺體也得好好處理，若真的因此被懲處，那我也只能自認倒楣。我已經做好覺悟，該做的事還是得做。」早在來鳳宅之前，袁日霏便已深思熟慮過。

「就這樣？」鳳簫挑眉。

坦白說，他原以爲袁日霏會有些別的念頭，比如是想走險棋——隱藏帶人進入現場的事實，然後因發現了遺漏的線索居功。但袁日霏看來好像絲毫沒有這類典型的官僚想法。

「不然呢？這是我的工作。」見鳳簫沒有即時回話，也沒有立刻答應她的要求，袁日霏與他四目相望了會兒。「你曾經說過，你從半妖手中救下了我，我和你同樣非親非故，你幫我的原因又是什麼？」

「我是鳳家人，鳳家天命是斬妖除魔，怎能看生人在我眼皮底下被半妖迫害？」

鳳簫回應得很自然。

「那就是了，你是鳳家人，而我是法醫，倘若你的天命是拯救生人，那我的天職便是傾聽死者，我也無法眼睜睜地放著遺體不管。」袁日霏同樣回應得很自然。

「妳現在是相信我將妳從半妖手中救下的說法了？還是這只是用來告訴我，我們的立場是一樣的？」

「你說呢？」這次換袁日霏聳肩，將問題拋還給他。

「好，走吧。」鳳簫十分乾脆，二話不說地妥協。

天職嗎？法醫的天職是傾聽死者，無法放著遺體不管？

這麼說來，他們的立場確實是相似的，而他喜歡這個說法。

他向來任性自我，做事只求歡快，一個與他同樣身負天職的人，比一個野心勃勃、懷抱著升官志向的人要好太多了。倘若袁日霏是爲了想立功破案這種理由，他才不會理她。

「這就走？你不用準備什麼嗎？」袁日霏訝異鳳簫一口答應之餘，見他提步就要出去，頓時更訝異了。

「要準備什麼？」鳳簫被她問得一頭霧水。「需要我換套西裝？也可以啊，領帶顏色給妳選。」

維持面無表情何時變得這麼難了？袁日霏嘴角一抽，已經對孔雀時不時就要展屏這點徹底無語。

「我是指，不用準備工具之類的？」雖然上次在監視畫面裡，似乎看見他舉手輕抬便能撤除所謂的結界，但由於袁日霏看不見結界這種虛無飄渺的東西，僅能自行推測猜想，爲了保險起見，免不得多問兩句。

「工具？我就是。妳不是正在把我當工具人嗎？」鳳簫一副無奈的樣子，但袁日霏比他更無奈。

「……算了，走吧。」面無表情、情緒抽離什麼的，面對鳳六，恐怕都還得再提升幾個檔次才行。袁日霏終於有了深刻的覺悟。

第六章

袁日霏與鳳簫兩人三更半夜來到趙家的鐵皮屋外。

為了避免節外生枝，袁日霏早已確認過附近街巷的監視器位置，找了個監視器死角停好車，小心翼翼領著鳳簫往趙家而去。

鐵皮屋外圍的黃色封鎖線尚未撤除，由於趙炳南沒有他殺嫌疑，遺體已經移出，現場也已採證完畢，所以並未派遣員警駐守。

袁日霏便是知道這點，才會決定深夜帶鳳簫潛入。

兩人從封鎖線下矮身進入，袁日霏戰戰兢兢、步步為營，鳳簫則是大搖大擺、毫不遮掩，一時之間，袁日霏真弄不清她與鳳簫究竟誰才是違法進入案件現場的那位。

要孔雀低調彷彿比登天還難……算了，畢竟是她有求於人，還能要求什麼？

尚未進屋，袁日霏腳步一頓，遞了事先準備好的口罩、手套、鞋套和手電筒給鳳簫，鳳簫望著她遞來的東西，卻一臉嫌棄。

「誰需要這些？戴了就不美了啊！」手電筒就算了，口罩、手套、鞋套？鳳簫的表情跟看到鬼一樣，不，鬼對他而言還稀鬆平常，妨礙美貌簡直是天理難容。

「你想在這裡留下指紋與鞋印？」美個頭啊！這是重點嗎？

情緒抽離的最高境界究竟在哪裡？有這麼囉嗦的工具人嗎？袁日霏心中充滿各種腹誹。

聽袁日霏提起指紋與鞋印，念及之前于進說他是最大嫌疑人的那副嘴臉，鳳簫悶哼了聲，這才不情不願地接過東西，不情不願地穿戴妥了。

和警察扯上關係就是討厭，囉嗦得要命。

鳳簫也在心中暗暗抱怨，尾隨袁日霏進屋，憑藉著手電筒光線看清屋內。

潮濕、霉味、焦味混合著隱約浮動的屍臭撲鼻而來，即使戴了口罩也難以掩蓋。

鳳簫略微皺眉，袁日霏則面色不改，她對案件現場與屍體早已習慣，不動聲色地走到趙晴的房門前。

「就是這裡。」袁日霏朝前一指，畢竟是帶著鳳簫非法進入，她稍微壓低了音量。「我站在裡頭，于進和其他人都看不見我，于進說他進房了，但其實並沒有，而遺體就在裡面。」

袁日霏向鳳簫簡單說明，她本想帶著鳳簫到這裡，讓他將結界撤除後，便算大功告成，接著等天亮再尋個理由向局裡申報要再次勘驗，藉機發現遺體就好。

未料鳳簫四下張望了會兒，神色一斂，閉眸感知周遭氣息，再度張開雙眼時，脫口竟是：「這裡並沒有結界。」

「什麼？」袁日霏一愣，睇眸睞向鳳簫，鳳簫神態嚴肅，並不像在開玩笑。

「確實沒有。」四周空間如常，鳳簫說得無比篤定。

「怎麼可能？之前明明……」袁日霏說著說著，收了話音，認眞思忖。

雖說結界對她而言是十分虛無飄渺的存在，但她並不認爲當時的判斷出了問題。若是她判斷失準，也不致於整個小隊、鑑識組與檢察官、書記官都沒發現趙晴的遺體。同樣的，鳳簫也並不認爲袁日霏有可能判斷錯誤，畢竟他親眼見過袁日霏在鳳家接待廳裡踩進踩出地確認，對她的聰敏細膩也算有幾分認識。

「結界會自動消失？」袁日霏問。

「不。」鳳簫搖頭。「除非布界者死亡，多年後靈力散逸。」

簡而言之，結界並非短短一夜便能自然消失的東西。

「有人來過？」袁日霏與鳳簫沉默了會兒，做出相同的推測，很有默契地對視一眼。

假若有人來過……那是誰？布界者？藏起趙晴遺體之人？或者皆是同一人所爲？抑或是和袁日霏一樣，僅是找了能個解除結界的幫手來？那麼，爲何要藏起趙晴的遺體，之後又爲何撤下結界？

人來過了，然後呢？只是撤下結界？不可能……

趙晴？

目標難道是趙晴的遺體？趙晴的遺體還在房裡嗎？

袁日霏急匆匆地抬起手電筒往房內照，視線往床上一掃，臉色瞬間蒼白，大跨步進入趙晴的房間。

趙晴的遺體仍在，卻已不是她稍早看見的那副模樣。

趙晴的肚子被剖開，子宮內的胎兒不見蹤影，傷口切面俐落平整，顯見是善於用刀之人所爲。

豈止是有人來過而已，那人甚至取走了趙晴腹中胎兒！

「不是這樣的，我今天來的時候不是這樣的……我有拍照。」眼前景象太駭人，也太出乎意料，袁日霏雖然力持鎮定，仍不禁心慌。她一邊喃喃，一邊探手想撈手機，已經不知道是想說給鳳簫聽，還是說給自己聽。

「我沒有不相信妳。」鳳簫阻止了她拿手機的動作。

他本來就是相信她，所以才一同前來，哪有在這時懷疑她的道理？

袁日霏抬眸望向鳳簫，他目光堅定、聲線沉穩，一反平時那副吊兒郎當的輕浮樣，一時間竟令她莫名心安，急促的呼吸放緩不少。

她深呼吸了幾口氣，一恢復鎮定，憑著職業本能，又開始打量趙晴的遺體。

鳳簫瞅著她一連串的反應與動作，不得不承認，他的確對袁日霏的情緒管理與抗壓能力有著很高的評價。在短暫的驚慌過後，馬上便能收拾好狀態，做起該做的事。

她來找他時，曾說過法醫是她的天職，而她確實在她的天職與專業上表現得可圈可點。獨自被遺留在結界裡時，居然還記得拍照？真是勇氣可嘉。

袁日霏渾然未覺鳳簫的心思，猶自尋找著趙晴遺體上的蛛絲馬跡。除了子宮，遺體沒有被移動過的痕跡，屍綠也開始出現，都很正常。這時，袁日霏的視線突然被遺體旁的某樣物品抓住。

「那個……今天來的時候也沒有。」袁日霏戴著手套的手指向趙晴床旁的一張護身符——很尋常的紅色護身符，上頭寫著安胎順產。

太諷刺了，趙晴腹中的胎兒已經消失，遺體旁竟還被放置了順產符？今天來時絕對沒有看見這個護身符，即便這一切都太過弔詭，袁日霏對自己的記憶力還是十分有自信的。

「別碰！」袁日霏正想伸手取符，鳳簫驀然大喊，卻來不及了。一團黑煙自符中迅雷不及掩耳地竄出，在空中聚化成形，一頭墨色老虎倏然出現。

墨虎身形龐大，張口厲聲咆哮，於黑煙中猛然落地，目露凶光。鳳簫很快就認出這墨虎與劉博嘉平安符中竄出的黑蛇是同一種術法，皆是憑藉主人靈能寄宿在符咒中的妖物。只不過，上次的黑蛇是小意思，而這頭墨虎無論在體型或妖力上都大幅提升。

怎麼對付？很簡單，以更強大的靈力滅了就是。既然有人想和他玩，他絕對奉陪。

「退後！」鳳簫一把將袁日霏拽到身後，左手抽起掛在門把上的長傘，右手兩指併攏，由傘柄往傘尖一劃，附以靈力，長傘瞬間被藍紫色火焰纏繞，發出燦目光芒，寒光瞬起。

「我能幫上什麼忙？」虧袁日霏在這種應該被嚇壞的時刻還能想到這麼問。

這頭遠遠超乎她理解與認知的生物是什麼？煙？老虎？怎麼可能？可就是活生生地在她眼前出現了。

「閃遠一點。」鳳簫說話的同時，將她往門外狠狠一推。

憐香惜玉？那是什麼東西？最好的憐香惜玉就是讓她遠離危險。

他對付這類以符咒驅使的妖物的經驗不知凡幾，但拖著一個凡人在身後的經驗卻是前所未有。

在她身上烙枚鳳家指印保護她？想都別想！

早就說過了，他只是出於使命感才與她一同前來，要爲她無酬無償做到以自身靈力相護的程度，即使不討厭她，他也是萬般不情願。

鳳簫強烈懷疑袁日霏不僅是他的業障，還是老天爺派來給他的考驗，簡直麻煩得要命。

墨虎厲吼長嘯，迅捷地直撲而來，挾帶著驚天動地之勢。

鳳簫揮臂一甩，撐開傘面往前格擋，墨虎利爪猛抓，眼看著就要撕透傘面，未料被鳳簫附以靈能的傘面竟堅硬不可穿透，硬生生將它震得後退半步，怒極咆哮。

墨虎一躍而起，伸爪再攻，鳳簫側身翻滾，敏捷閃過這一撲，避過攻擊又接著還擊，手中長傘一抖一收，直接在空中畫了個大半圓，縱身跳起，伸傘突刺。

墨虎身形雖然龐大，動作卻是異常靈巧，避過鳳簫的突襲，張口直直撲向鳳簫，幸虧鳳簫反應也不慢，以傘擋下後，蹬腿前掃，傘尖乘勢刺得墨虎一痛，迫得它往旁跳去，提聲長吼。

好機會！

鳳簫霎時以傘拄地，借力一躍，騰挪至墨虎後方，凌空一傘刺出，長驅直入，瞬間穿透墨虎頸項。

他身法俐落靈動，將長傘舞得有如神兵利器，顯然游刃有餘，而一旁的袁日霏卻是戰戰兢兢、屏氣凝神，連氣也不敢多喘一口，唯恐影響他的戰鬥。

戰鬥？她怎會毫不猶豫地使用「戰鬥」這個詞？以為是武俠片嗎？

「吼！」

墨虎被刺個正著，痛苦怒哮，正欲回身奮力一搏，鳳簫指尖一捏咒訣，火焰拔地而起，倏然吞噬墨虎的身影。

「凶穢消散，去！」鳳簫手中不知何時生出一張黃符，捏在雙眉之間，展臂往前拋扔。一時間滿室大亮，火焰竄燃復又熄滅，地上竟連一點燒灼痕跡也沒有，而墨虎也不見蹤影。

「滋——」

鳳簫尚未動作，那張安胎順產符便先起火湮滅了。

「可惡！」讓它跑了！鳳簫懊惱。

上回劉博嘉的平安符他滅得太快，一直很後悔沒能好好看清，未料這次竟被施術者捷足先登。

袁日霏不知道在鳳簫在扼腕些什麼，只覺得從剛剛開始發生的所有事情都荒謬至極。

床上有具被剖開肚子、取出胎兒的屍體；突然出現的順產符內冒出由一團黑煙形成的老虎；屋子有拿著長傘像拿著長劍的鳳六，還有她這個深夜擅闖現場、據說能自由進出結界的法醫……

這都是些亂七八糟的什麼跟什麼？

袁日霏深深覺得她壞掉了，從她根本不想問鳳簫這究竟是怎麼一回事就可以看得出來。

打從踏入那個莫名其妙的結界開始，她就已經不想再搞清楚這一切到底是什麼跟什麼了。

「現在呢？妳打算怎麼辦？」鳳簫的問句將袁日霏拉回現實。

袁日霏盯著他，沉默不語。

是啊，現在該怎麼辦？

本想等天亮上班時，向局裡申請再度勘驗現場，如今距離上班時間還有幾個小時，等待申請也得花費一點時間，誰知道這段時間內又會發生什麼事？趙晴的房間會再度被設下結界嗎？遺體會再度被破壞嗎？

現在打電話請局內派人員來呢？那她要怎麼解釋夜探現場的動機？

而若要在這裡等待再次勘驗，就必須將鳳六支開，可若是鳳六不在，又跑出另一隻詭異的牛鬼蛇神該怎麼辦？

袁日霏腦中閃過許多念頭，發現事情早已不像她當初預想的那般簡單，於是遲遲無法下決定。

正猶豫不決，窗外有警車鳴笛經過，倏地中斷她的思考——等等。

腳步聲？

有人往這裡來了！

簡直是雪上加霜，來得措手不及。

袁日霏二話不說地站到鳳簫身前，神情戒備。

「妳跑到我前面來做什麼？」鳳簫納悶望著一個箭步擋到他身前的袁日霏，實在搞不清楚她究竟想幹麼。

遮掩他？就憑她那矮他半個頭的身高？

保護他？開玩笑，方才墨虎出現時，好像都是他在表演吧？就算來了另一隻妖又如何？

「雖然警車似乎不是往這個方向來，但若是同仁，我不會連累你的，帶你擅闖現場的是我。」雖然不知道來人是誰，袁日霏的態度依舊凜然，十分有氣勢。

「妳好像忘了，妳帶來的工具人能夠設置結界。」不會連累他？結界一布不就沒事了？鳳簫對袁日霏的說詞十分不以爲然。

于進之前是不是提過袁日霏是高材生？哪裡高材？漂亮的女人腦袋這麼不濟事？

鳳簫完全沒想過，結界對正常人來說是多麼不可思議的存在，又怎能及時想到這個方法？但袁日霏還眞的考慮過。

「那是腳步聲，是人。既然是人的話，不管是普通民眾或是警局同仁，都必須用人的方法來解決問題。假使是誤入民眾，我會勸離。假使是同仁，我會負起該負的責任。」她回首向鳳簫做了個噤聲的手勢，人還是站在鳳簫身前，聚精會神注意著門外動靜，寸步不移，很有肩挑一切的魄力。

鳳簫望著她擋在身前的背影，默默注視著短髮的她露出的一截潔白頸項，心底有股說不清的情緒油然而生。

她竟想保護他，這感受眞是前所未有的新鮮。

對於保護他人，哪怕是一具結界內的屍體，抑或是被她牽連的他，她都表現得相當積極，但對於保護她自己這件事，她卻非常消極。

她根本不用擋在他前面想包山包海包責任，叫他布個結界不就什麼麻煩都解決了嗎？用人的方式來解決問題？呵呵，鳳簫眞想仰天狂笑。

他身懷異能，從小到大有數不清的人躲在他身後，想尋求他的靈力庇護，這還是第一次有人將他推到身後，說要用「人」的方式解決問題。

所謂「人」的方式是什麼？就是一肩挑起本來能夠用些小手段解決的事嗎？

初見袁日霏時，他覺得她的眼神空靈脫俗，看不出是對人情世故太過了解，抑或是太過不了解，如今他總算明白了。她當然空靈脫俗，她對於人世間的那些手段與辦法根本不了解得過頭，全然不懂得該怎麼趨吉避凶。

也或許她未必是不了解，只是十分固執，很有自己的堅持與原則，以致於有些冥頑不靈、一板一眼，從沒想過要邀功或是規避責任。

眞傻，這樣的性格待在刑警局裡絕對很難生存吧？不知道她從小到大因此吃過多少虧。

「迂腐。」姑且不論心底忽然竄起的感受究竟是覺得袁日霏有趣，還是隱隱約約對她感到有點心疼，鳳簫嘴上說的都完全不是那麼回事。「我最討厭明明有手段卻不用的傢伙了。」

明明有手段卻不用？什麼時候正直可以被曲解成這樣了？袁日霏實在很難不回頭去瞪鳳簫。

鳳簫撇唇睞她，趾高氣昂地拿著長傘，信手往她前方地面一指，傘尖在地上勾勒出一道範圍不大不小的圓形弧線，恰好將他們兩人納入其中，消失在正常人的視野裡。

布下結界對他而言是多麼輕而易舉，伸手彈指便能解決，根本不需要如此刻意地在地上擺弄。之所以這麼做，僅是想讓看不見結界的袁日霏明白罷了。

開什麼玩笑，別妄想保護他了，他比她更強大，哪需要她上場？更何況，他怎會眼睜睜看著一個想保護他的人遭殃？

鳳簫的體溫驀然從肩頭兜來，令袁日霏嚇了一跳，同時再度聞到他身上那股淡雅的草木氣息。她垂眸望向他手上動作，很快便解讀出其中含意。

「你這是在維護我，還是想賣弄？」他在他們周邊設置結界？爲什麼？是想爲她解決麻煩，還是刻意與她唱反調？

「兩者都有。」鳳簫也不諱言，立即承認。

袁日霏本身就是他的麻煩，找他的麻煩麻煩，永遠是件令人心曠神怡的事。

幼稚！袁日霏眞不知道該對鳳六心存感謝，還是嗤之以鼻，只好專注在外頭的腳步聲上。

躂、躂、躂……來了！

腳步聲離趙晴的房間越來越近，手電筒的光線從門口照射進來，伴隨著一聲刻意壓低音量的「咦」，結界內的袁日霏也同時「咦」了出聲。

雖然明知道人在結界裡，她的聲音不會被聽見，袁日霏仍是下意識地伸手想摀嘴，又因手上戴著手套而放下。

這踏進趙晴房內的男人身影，這似曾相識的男聲……

「嚇！這裡怎麼還有具屍體？」走進房裡的于進嚇了一大跳，稍微鎮定了下心神後，小心翼翼地來到趙晴床畔，不可思議地低語：「傍晚來的時候明明沒看見啊……」

于進？爲什麼？

袁日霏和鳳簫對望了一眼，兩人都對于進的出現感到莫名其妙。

鳳簫的結界只設置在兩人周圍，而他們前來時，房內的結界已被撤除，因此現在才進房的于進當然能夠發現趙晴的遺體。

但是，于進深夜來這裡做什麼？

「怎麼被破壞成這樣……」于進打量了下趙晴的遺體，注意到趙晴被剖開的下腹，胃內一陣翻湧，話音聽來有些抖顫。他一邊抖，一邊拿著手機喃喃：「要趕快通報才行。」

于進看起來嚇得很厲害，不過鳳簫顯然想讓他嚇得更厲害，一個揮手就撤下周邊結界，大跨步衝到于進背後。

「嗯？最大嫌疑人？于警官三更半夜殺人棄屍？」上次誰想把他踹進渾水裡？很好，這回該他了。鳳簫心情非常愉悅，一貫地張揚得意。

「嚇！」于進果然被身後動靜嚇了一大跳，急匆匆回身，差點就想掏槍了。一見到眼前是鳳簫與袁日霏，臉上的震驚已經被連三嚇堆到最高點。

而被嚇到的豈止是于進而已，袁日霏覺得，她終於明白網路新聞標題很愛用的「全世界都驚呆了」是怎麼一回事，她現在的心情就是全世界都驚呆了無誤。

鳳六突然衝出來刷存在感是哪招？剛剛布結界難道是布心酸的嗎？

「你們倆怎會一起出現在這裡？」袁日霏就算了，畢竟是刑警局法醫，還可以說是跟他一樣，回家之後對這個現場感到詭異，輾轉難眠，才又私下跑來複勘。但鳳六？于進反覆確認過眼前兩人不是他的幻覺之後，率先發話。

「她暗戀我。」鳳簫回應得很快、很自然、很理直氣壯。

「……」袁日霏已經連不可置信的反應都做不出來了。

算了，怎樣都無所謂了，她的嘴角或太陽穴已經都不想因鳳六出格的言行而跳動了。

「噢？跟暗戀對象約在這裡碰面？那還眞是浪漫。」于進當然不相信鳳簫的胡說八道，想也不想地吐槽。

現在是聊這個的時候嗎？袁日霏深感頭痛。

「是我找他來的，詳情等等再談。」意識到若不趕緊將話題主導權拿回來，眼前兩個男人的垃圾話可能會無邊無際地發展下去，袁日霏收拾心神，鎮定發問：「于隊，你來這裡做什麼？」

「我？我就是老覺得這個現場怪怪的，總有一種遺漏了什麼的感覺，怎麼睡都不安穩，但又不能隨隨便便讓鑑識組出動，只好自己跑來晃晃。誰知道不來就算了，來了才發現居然還眞有一具遺體……」于進說著說著，瞥了床上的趙晴遺體一眼，不忍皺眉。

于進是個直覺強烈的人，很多案子都是靠著靈光一閃找到破案線索，這件事袁日霏在局裡早有耳聞。此時聽于進這麼說，她點了點頭，覺得還算合理。

「剛剛過去的警車不是你？」袁日霏沒忽略方才聽見的警車鳴笛。

「不是。我哪那麼倒楣啊，今天白天已經上一整天的班了，夜班值勤又我？」于進否認，將話題拉回來。「那妳呢？袁法醫，妳怎麼會來？又爲什麼找這傢伙一起？」

「我是工具人。」袁日霏還沒回話，鳳六倒是先搶白了。

一下暗戀，一下工具人，有完沒完？袁日霏無言。

「工具人？什麼工具？」于進好奇地望向袁日霏，袁日霏各種無奈，連瞪鳳六的力氣都沒有了。

「我、就是因爲……」袁日霏猶豫了會兒，實在不知道究竟該不該對于進全盤托出。她認識于進的時間不長，對他的了解有限，倘若和于進說起那些結界與符咒的怪力亂神之事，于進會相信她嗎？

見袁日霏一臉爲難，鳳簫輕易就猜出她在糾結什麼。他對于進的了解自然比袁日霏多上許多，於是好心地接過話頭，言簡意賅地交代了事情始末。

「結界？你是說，這具遺體從我們傍晚來勘驗時就已經在這裡？只是因爲遺體在結界內，所以我們看不到，只有能自由進出結界的袁法醫能看見？」于進聽完，不可思議地問鳳簫。

「嗯。」鳳簫點頭。

「所以袁法醫找你來撤除結界，但是，沒想到你們到了之後，卻發現結界已經被解除，而遺體也已經被破壞？」

「嗯。」鳳簫再度點頭。

「再然後，遺體旁有張安胎順產符，裡頭跑出老虎，和當初劉博嘉的平安符裡竄出黑蛇一樣？」

「咦？」袁日霏在刑警局裡的職銜畢竟是法醫，對於太詳細的案件內容並不清楚，劉博嘉的平安符這事她是第一次聽見，當下低呼出聲，鎖眉思忖。

這兩個案件有關聯嗎？總覺得好像能夠連結起什麼，又好像不能……

「……等等。」訊息量太龐大且太驚人了，于進雖整理完畢，卻遲遲無法消化。他揮手打斷鳳簫，轉頭向袁日霏確認。「袁法醫，這傢伙是在胡說八道吧？」

「不是。」袁日霏堅定地望著于進，搖頭。

「這……」袁日霏是不會開玩笑的，于進非常清楚。手心默默捏了把冷汗，他看看袁日霏，看看鳳六，又看看床上的遺體。

袁日霏與鳳簫沉默地與于進對望，三人各有所思，僅有手電筒光線的幽暗房裡充滿難言的詭譎氣氛。

「結界這麼方便？這樣連帶妹子開房的錢都可以省了。」一陣令人心慌的沉默之後，于進驀然拋出這句。

他認識鳳簫很久了，對鳳家這些傳聞也略知一二，雖然聽說和眞的碰上是兩回事，但他的接受度顯然比不信鬼神的袁日霏高多了。

袁日霏怎麼想也想不到，于進面色凝重了老半天，最後得到的結論竟是如此。她不可置信地用看著髒東西的眼神瞅了瞅于進，默默往旁退開，拉開與髒東西的距離。

鳳簫顰眉，同樣鄙視于進：「無恥。」

「說說不行啊，我這不是在緩和氣氛嗎？」于進不服。「你們倆何時這麼有默契了？一起鄙視我是怎樣。」

「因爲她暗戀我，剛剛說過了。」鳳簫聳肩。

「不要再胡說八道了你們兩個！」袁日霏終於炸開了。

高冷寡言這類形容詞和她再也沒有關係了，這兩人是來毀滅世界的嗎？

「劉博嘉的符也曾經竄出妖物？」不趕快把話題拉回來，他們兩人不知道又要扯到哪裡去。袁日霏表面冷靜，實則氣急敗壞地向于進求證。

「是啊，劉博嘉他老婆是這麼說的。據說那符是顏欣欣給的，劉博嘉帶在身上好一陣子都沒事，沒想到去找鳳六時，符裡卻跑出黑蛇，他們夫妻倆都嚇壞了。」于進回答。

這情況不就跟他們進這房裡時，那符擺在床上都沒動靜一樣嗎？

「驅動符咒的條件是什麼？」袁日霏轉頭問鳳簫。自從問過鳳六關於結界與亡者的事情之後，她似乎越來越習慣詢問這些荒誕離奇了。

這眞不是件好事，她還是一個講求科學證據的法醫嗎？居然在請教神棍或道士意見。最慘的是，這神棍還是隻高調張揚的孔雀。

「或許是靈能吧？感知到我的靈力，本能進行攻擊，這類符咒大致皆是如此，但施術者是使用何種術法，則要看見上頭的符文才能確定。」

「那符呢？」于進往床上張望了會兒。

「被燒了。」鳳簫淡淡地回。

「你燒的？」袁日霏親眼看見那符無故起火，因此問這話的當然是于進。

鳳簫搖頭。

「被搶先一步滅跡了？」于進琢磨了會兒，說出可能的推測，然而誰也沒有答案。

「很有可能是滅跡沒錯。劉博嘉夫婦來找我是約好時段的會面，但袁法醫說這個現場傍晚時還沒有那個順產符，是我們晚上來時才出現的。倘若這兩個符不是巧合，那人或許是因爲知道我會來，才特意擺放在這裡的。」順著于進的話頭，鳳簫推測出的可能更令人毛骨悚然。

「什麼？」袁日霏與于進同時大驚。

「不無可能。」鳳簫說得很冷靜。鳳家近年來一枝獨秀、扶搖直上，想來踢館鬥法的三教九流也在所多有。

「我剛剛在想……假如要這樣說的話，趙晴體內的胎兒也有可能是我取走的。」

袁日霏抿了抿唇。

「嗄？」這下愣住的換于進和鳳簫了。

「我三更半夜擅闖現場，甚至私自帶了非警務人員進入，傍晚整個隊裡的人都知道這裡沒有遺體，而我闖入之後，這裡不只多了具遺體，遺體下腹的傷口還非常俐落平整，那刀痕十分果斷，切口很小，有可能是水果刀、小刀，或是解剖刀。雖然得交由鑑識組比對判定過才知道，但醫師也是善於用刀的其中一種職業……」這是在剛剛那陣尷尬的沉默裡，袁日霏不停思考著的詭異之處。

她總覺得她似乎不該私自前來，自從鳳六說這房裡沒有結界之後，她就覺得好像走入了一個精心安排的圈套，更糟糕的是，她可能還連累了被她帶來的鳳六。

就算她再怎麼不喜歡鳳六，也不想連累別人。更何況，雖然她現在還是會被鳳六氣得半死，但確實沒有當初那麼討厭他了。

「妳又沒有動機。」于進很快反駁了袁日霏的說法。

「但我確實會被懷疑，對吧？」

「……對。」于進沉默。

「假如進來現場的不是于隊……」袁日霏還想說些什麼，卻被鳳簫打斷。

「但是，倒楣的于警官來了，所以我們三個現在都是嫌疑人。殺人棄屍、破壞遺體、非涉案警務人員擾亂案發現場。」鳳簫說得異常輕快，替每個人各自安了一條罪名，還是一貫的吊兒郎當。

「誰殺人棄屍了啦？」于進立刻跳起來。

鳳簫笑了，而袁日霏居然覺得這一切荒謬到她也想笑了，她果然壞掉了。

「無論如何，遺體繼續放在這裡也不是辦法，而且現場還需要採證，打電話通報吧。」袁日霏想了想，冷靜地做出判斷。

「嗯，打電話通報吧。不過，在打電話通報之前，我們最好先商量出一個避重就輕的說法。」于進同意。

「好。」袁日霏頷首。

這下，無論再如何不願意，他們三人都蹚入亂七八糟的渾水裡了。

第七章

「第一現場？趙家是趙晴死亡的第一現場？如果是第一現場，你們帶回趙炳南的遺體時，怎麼可能沒有發現？趙晴死亡的時間甚至比趙炳南還早，若遺體沒有被搬動過，整個小隊、鑑識組、法醫、檢察官，全都沒有在第一次出隊時發現趙晴的遺體是瞎了嗎！你們要我怎麼相信這份驗屍報告？是驗屍有問題？現場勘驗有問題？還是全部都有問題？」

刑警局局長室內，袁日霏的驗屍報告被重重摔到桌面上，年近六十的刑警局長袁正輔頭髮半白，正聲如洪鐘地指著袁日霏和于進破口大罵。

就算于進、袁日霏與鳳簫三人達成協議，再怎麼避重就輕，將詭譎的事實簡化成于進半夜獨自跑到現場再度勘驗，並抹去鳳簫也在現場的事實，然後製造出袁日霏是接獲通報才趕來的假象，光是出隊沒尋獲趙晴的遺體，便足以驚動袁正輔這位功績彪炳的局長親自出馬慘電。

袁正輔桌子一拍，對著袁日霏沉聲道：「妳是負責法醫，妳說說看，趙炳南跟趙晴是怎麼死的？」

「趙炳南是一氧化碳中毒致死，死因為自殺，趙晴則是疑似藥物濫用致死，初步藥物篩檢裡已驗出海洛因的成分，完整的藥物檢驗結果還沒出來，不排除有使用其他藥物的可能，目前還無法判斷是自殺或他殺。」袁日霏回答得不疾不徐，依然是平時那清冷的語調，但袁正輔顯然沒有她這麼從容。

「趙晴先不談，趙炳南確定是自殺？趙炳南死在趙晴之後，還留了遺書，說是女兒沒了才不想活，但正常情況下，父親看見女兒被剖屍，死得那麼悽慘，氣憤都來不及了，還跟在後面燒炭不是很奇怪嗎？妳還沒解剖趙炳南的遺體，就輕易判定他自殺未免太草率，用點腦子行不行？我很想相信妳的專業，可是妳說說看，妳第一次去現場找不到趙晴的遺體專業嗎！」

袁正輔越說越氣，再度重重拍了下桌子，袁日霏被罵得狗血淋頭，垂首沉默，連一句辯白也不能回。

她是發現遺體了，但她能說嗎？那是只有她一個人看得見的遺體。

趙炳南根本沒有看到趙晴被剖肚取胎，要氣憤什麼？那時候他早就死了。他說不定就是以為趙晴又故態復萌，服用海洛因過量而死。

她的手機裡甚至有趙晴尚未被取胎時的照片，但此時拿出來讓袁正輔過目的話，僅是添亂罷了，她要怎麼將這一切說明清楚？

袁日霏很想反駁，可惜她不行。

于進看著垂下頭的袁日霏，同樣有口難言。

「你呢？于進？」罵完袁日霏，袁正輔聲音一沉，砲火轟隆隆轉向于進。「第一次出隊沒找到趙晴是怎樣？你傷還沒養好？上次是傷到腦嗎？小隊長腦殘，整個小隊都腦殘！是要換個小隊長才能拉高小隊的水準嗎？」

當然不是，他前陣子帶傷休養是因為追捕逃犯時，被射傷了腿，是槍傷，和腦部一點關係也沒有。但于進縱使再不知天高地厚，對局長的挖苦也絲毫不敢頂嘴，默默吞進了一百句吐槽。

「總之，我不管你們兩個用什麼方法，盡快找出兇手！這件案子傳出去，我們刑警局都不用做人了！就算我再有本事也罩不住你們，幾頂帽子都不夠讓你們摘！」袁正輔大手一揮下了通牒，忿忿一掃桌面上的驗屍報告，將于進與袁日霏轟出局長室。

「被罵了？」袁日霏和于進灰頭土臉地被罵出來之後，迎面便對上黃立仁。

見到他們兩人，黃立仁揚了揚手中文件，明確表達他是來送件，並不是刻意在門口偷聽。

「這不是廢話嗎？你倒好，袁局不是你長官，罵不到你。」于進沒好氣地瞪黃立仁，語氣聽起來很羨慕。

本來嘛，怎麼可以只罵他和袁日霏兩個呢？應該連當天的值勤檢察官也抓來罵一罵啊。不同單位就是有這種好處，黃立仁的直屬檢察長雖然也沒多好相與，總是比脾氣火爆的袁局長好多了。

「我也被碎念了一頓。」黃立仁聳了聳肩，知道于進在埋怨什麼。

「你那邊碎念的等級假如是沖天炮，我這裡就是核武器。」于進十分無奈地攤手。「煩死了，我去調查趙晴的產檢醫院和從前的工作場所，拜。」

「有進展的話告訴我。」黃立仁叮嚀，于進擺了擺手示意聽見，人很快消失在走廊那頭。

「黃檢，我也去忙。」被狠罵一頓，心情也不太美麗的袁日霏向黃立仁道別。

「等等，日霏。」黃立仁喚住袁日霏，走到她身旁安慰。「局長就是這樣，習慣就好，他罵人時的魄力，連在地檢署裡都很有名。」方才辦公室內的慘烈，他在走廊那頭便遠遠聽見了。

「嗯。」袁日霏不以爲意地頷首淺應。她想，約莫因爲她是新人，黃立仁才特地留下她安慰吧。

未料黃立仁張望了會兒，確認四下無人，又神神祕祕地問：「妳是第一次在局裡被局長念，那麼在家裡呢？局長也會這樣念妳嗎？應該不會這麼凶吧？」

袁日霏面色一變，有些戒備且困惑地蹙眉望向黃立仁。

「我只是突然想到，妳應該比我們都更了解局長，不需要我多嘴。局長私底下有向我詢問過妳的工作狀況，他都告訴我了。」黃立仁微微垂首，壓低了音量，笑道：「放心，是祕密，我沒有告訴任何人。」

袁日霏沉默地注視著黃立仁，不知道該如何反應。

袁正輔是她的養父，她以為不讓局內同仁知道這件事是她與袁正輔之間的默契，無論如何，避嫌總是比較妥當，怎料袁正輔居然主動告知了黃立仁。

其實，她也不是存心想隱瞞與袁正輔的養父女關係，只是覺得沒必要特別提起罷了。畢竟她是堂堂正正的病理科醫師，堂堂正正地取得法醫師資格，堂堂正正地考進刑警局成為法醫，並沒有動用袁正輔任何人脈。

只是突然被這樣戳穿，還是讓她有種被赤裸裸掀開了什麼的困窘感，一時間無所適從。

「我們沒有住在一起。」袁日霏頓了頓，好不容易才開口，回答的是黃立仁那句「那麼在家裡呢？局長也會這樣念妳嗎？」

她沒有與袁正輔住在一起，自然沒有在家念不念的問題。

「原來如此，難怪局長要特地來問我了。他很關心妳，假如有空的話，妳多回去陪陪他吧。」黃立仁笑了笑，言談間十分斯文爾雅。

袁日霏只是瞧著他，沒有說話。

黃立仁就是個正常人，永遠西裝筆挺、舉止合宜，不像于進和鳳六，從穿著、言談到行為，都是亂七八糟、不識時務、咄咄逼人。

黃立仁怎會明白她不與袁正輔同住，不願意多回去看袁正輔的理由？

她自襁褓時期便被遺棄在育幼院，由於身上攜帶著的那張紅紙隱約有著暗示她不祥的意味，導致她雖五官秀麗、乖巧順服，卻總是處處碰壁，詢問度很高，最終卻都沒能被收養。

她眼睜睜地看著和她同齡的孩子們一一被領走，各自有了父母與家庭，而她一直在育幼院裡待到十三歲，都沒有遇見任何一對願意收養她的夫妻。

不失望嗎？怎可能不失望。一個盼望家庭溫暖的孩子，絕對會爲此失望的。只是到後來，失望著失望著，便習慣了。就是因爲已經這麼習慣期待又失望，以致於當袁正輔表明願意收養她時，她是那麼驚奇。

驚奇到感激涕零，驚奇到受寵若驚，驚奇到小心翼翼、戰戰兢兢，唯恐自己眞的命帶孤煞，拖累袁正輔一家。沒想到最後，她眞的拖累了……

停！別想了！

袁日霏胸口驀然一緊，趕忙將飄遠的思緒拉回來，忽視那竄湧而上的心痛。

「謝謝黃檢。」她平板地回，沒有答應，也沒有拒絕，維持一貫的有禮卻疏離，是她熟悉的、和任何人都慣於保持的距離。

「好，我進去了，日霏，妳也去忙吧。」黃立仁輕叩了袁正輔辦公室的門，回身前，似乎是注意到袁日霏的失神，他指了指自己的右眼，又說道：「不要那麼逞強。妳的右眼上方有一顆小小的紅痣，眨眼睛的時候特別明顯，很漂亮。別擔心，一切都會沒事的。」

袁日霏笑了笑當作是回答，沒去深思黃立仁突然稱讚她的用意，信步走回辦公室裡。揉了揉發疼的眉心與太陽穴，她滿腦子都是趙晴的案件。

早上解剖趙晴的屍體時，她在解剖臺旁看見趙晴了。

趙晴就站在那裡，撫著血肉模糊、空蕩蕩的肚子哭。

一直哭、一直哭，肝腸寸斷地哭……

她聽不見趙晴說話，又或者趙晴說了，只是她聽不見？

究竟爲什麼要取走趙晴的胎兒？用意是什麼？胎兒難道有什麼用途？還是想掩蓋什麼？

假若鳳六在這裡，是不是就能明白趙晴想表達什麼了？

不對！爲什麼她會想尋求超級不科學、超級不合邏輯的鳳六的幫助？

袁日霏一凜，簡直毛骨悚然。法醫想依賴神棍，這是什麼情況？

辦公室的玻璃被輕敲了兩下，將袁日霏徹底從思緒中拉出來。她抬首一看，總是光鮮亮麗、活力充沛的年輕鑑識員妹妹瞬間推門衝進來。

「袁法醫，這是趙晴的毒藥物檢驗報告。」鑑識員妹妹得意地道。「妳說急，立刻就趕給妳，如何？很有效率吧？」

「確實很有效率，謝謝。」

聞言，鑑識員妹妹報告一拋，嘿嘿笑著走了。袁日霏連忙低頭看報告，專心致志，越看眉頭擰得越緊，很快就掌握到不尋常的關鍵字。

Propofol異丙酚？

趙晴的體內除了海洛因之外，居然還有異丙酚？與海洛因混合的話，大約十到二十毫克左右，便能讓人在施藥後失去意識，並於幾分鐘後死亡。

這是醫院手術用麻醉劑，不是能夠輕易取得的街頭毒品。

暫且不論取出趙晴胎兒的兇手是誰，至少目前看來，趙晴絕不會是因毒癮發作，自行濫用海洛因過量致死，早在取胎之前，就有人想害死她了。

只有醫院才能取得的藥物，疑似以解剖刀劃開的俐落刀痕……兇手可能具備醫學專業？

「于隊，留意一下趙晴的產檢醫院，又或者，如果她曾養過寵物，那也得注意接觸過的動物醫院，殺害趙晴的兇手可能有醫學背景。」袁日霏立刻撥了通電話給于進，大致說明概況，接著又轉回冰存室，將趙炳南的遺體移動到解剖床上，進行袁正輔認為她必須做的解剖。

時間一分一秒過去，毫不意外，趙炳南的遺體沒有異狀，確認是一氧化碳中毒致死無誤。這種明明知道是自殺，卻還是必須解剖的無力感與顏欣欣的案件十分類似，只是上回是為了安撫家屬，這次是為了安撫長官。

袁日霏心情有些複雜，仍然按部就班地完成解剖，將該送驗的檢體一一送驗，最後遺體歸位，她驀然間有些失神。

顏欣欣與趙晴嗎？

這兩個案子目前看來天差地遠，死者彼此互不相識，交友圈似乎也沒有重疊，眞要論及關聯，就是顏欣欣的平安符與趙晴遺體旁的安胎順產符皆曾竄出妖物。

但符咒與妖物？這根本是說出去不會有人相信的東西，更何況符咒已經不在，妖物更是令人費解。

不只沒有證據，現在進行推測也稍嫌太早，還是先抽絲剝繭、循序漸進吧。

袁日霏走出解剖室，回到法醫室處理庶務，一路忙著忙著，待處理完手上的解剖與驗屍報告，開出幾張死亡證明後，一回神，幾乎已近下班時間。

「袁法醫，趙晴遺體上的刀痕比對確定是解剖刀沒錯。」今天也被袁日霏弄得很忙的鑑識員妹妹再度跑到袁日霏的辦公桌旁。

早上局長慘電袁日霏和于進的事情傳遍全局，大家都對袁日霏和于進寄予深深的同情，能幫著趕一點是一點。

「針筒呢？那些從趙家帶回來的針筒和毒品上有提取到別的指紋嗎？」袁日霏問。

「沒有，只有趙晴一個人的。」鑑識員妹妹搖頭。

眞是乾淨俐落，現場找不到解剖刀，找不到鞋印，找不到指紋。

「趙晴臉上的淚斑呢？」袁日霏又拋出另一個問題。

「那個要做DNA比對，得花一點時間，應該快好了。」

「好，結果出來告訴我，我等妳，謝謝。」袁日霏言下之意就是還沒有下班的打算。

鑑識員妹妹也不抗議，仍是笑嘻嘻的，任勞任怨地應了聲跑出去，恰好與從外頭進來的于進擦身而過，喊了聲「于隊，辛苦了」。

「趙晴的產檢醫院那邊有什麼不尋常嗎？又或者是動物醫院？」見到于進，袁日霏率先發問。

「沒有。」于進搖頭，一臉疲憊地走到袁日霏身旁。

「趙晴沒養過寵物，至於產檢醫院那邊，產檢醫師是位有名的女醫師，她在趙晴死亡當天看診到晚上十點，診間的護理師和一票病患都可以作證。而且，在醫院問到的那些人感覺都和趙晴非常不熟，是連碰面會寒暄個幾句那種程度都沒有的不熟，一點犯案動機都沒有。」

袁日霏蹙起眉，于進也伸手揉了揉眉心。

「最麻煩的是，趙晴不只在產檢醫院這樣，爲人也很孤僻，聽說開始戒毒之後，她和從前的親戚朋友們都斷絕了往來。我問遍了她從前工作地點的同事、老闆，居然沒人有她的消息，也沒人知道她懷孕，更別提知道孩子的爸爸是誰。還有，趙家和鄰居的關係同樣不好，他們家當天有誰出入，鄰居們全是一問三不知，一點線索都沒有，這跟臨時起意的兇殺案根本差不多了，很難查。袁局還叫我們快，快他——」後面那個硬生生吞回去的絕對不是什麼好聽的字，于進不說了。

「妳呢？有什麼進展嗎？」爲了避免造太多口業，于進反過來問袁日霏。

「目前還沒有。」袁日霏搖頭。「趙晴的臉上有一枚淚斑，又或者是汗斑，我提取給鑑識組比對了。」

「淚斑？」于進疑惑。

「因爲她的眼周沒有淚痕，臉上那枚淚斑的落點位置很奇怪，就像是從高處滴落在她臉上的一樣，我覺得不太對勁，就送驗了。」

「兇手殺她還哭？也太感動了吧？」

怎樣都不會是因爲太感動吧？袁日霏沒好氣。

「未必是兇手，也有可能是趙炳南的，發現女兒死亡後太哀慟，對著女兒的遺體落淚也頗有可能。總之等鑑識結果出爐，假若是趙晴和趙炳南以外的第三人，是嫌犯的可能性就很高，我們可以比對ＤＮＡ。」

「那也要先找到嫌犯才能比對ＤＮＡ，總不能全世界的ＤＮＡ都拿來比對吧？」

對，他說的是廢話，他自己也知道。于進只是想發牢騷，無意義地抱怨到一半，突然發現袁日霏正在發楞，神情看來怪怪的。

「袁法醫，妳在看什麼？」于進伸手在袁日霏面前揮了揮，回頭看看後方，再把臉轉回來，十分納悶。那裡什麼也沒有。

袁日霏沒有回話，只是靜靜注視著法醫室內最遠的那個角落，雙眼一瞬也不瞬。

不知何時出現的趙晴就站在那裡，安靜地、沉默地站在那裡，幽沉地盯著她瞧。

自從能夠看見被解剖的死者的靈體後，這是袁日霏第一次在解剖室以外的地方看見死者，即便她盡量維持著面無表情，心跳仍不由自主地加快。

趙晴想做什麼？

趙晴的視線緊緊糾纏著她，緩緩伸出手，慢慢地上舉、上舉，食指停在她前方，最後，在她的胸口處定住不動。

停下來了？就維持著這樣的姿勢與眼神？爲什麼？

袁日霏低頭望向自己，她身上什麼也沒有，就是法醫師的白袍——

白袍？袁日霏一怔。

她是推測兇手或許是醫療相關人士沒錯，但于進已經說了，趙晴的產檢醫院沒有線索……慢著，她好像漏了什麼。

不對，她確實遺漏了什麼！

與趙晴有關的醫院不只有產檢醫院，趙晴在戒毒，除了要前往醫院產檢之外，可能還必須定期到有戒毒門診的醫院接受治療。

袁日霏福至心靈，再度抽出桌面上趙晴的毒藥物檢驗報告，詳細檢閱。

有了！Methadone美沙冬。

「于隊，問問負責趙晴個案的社工，趙晴在哪裡戒毒。她使用的是美沙冬替代療法。」

「美沙冬？那啥？」

「就是一種類似海洛因的口服性替代藥品，其實仍具有成癮性，但是因爲趙晴懷孕了，爲了避免戒斷症狀太嚴重傷害胎兒，使用美沙冬替代療法也是一種可接受且相對安全穩定的選擇。她必須定期到醫院口服美沙冬，所以和她有關的醫院不僅產檢醫院而已，還有別的醫院也是她的活動範圍。」

「好，我馬上確認。」于進拿起手機。在他打電話詢問社工的同時，鑑識員妹妹又跑進袁日霏的辦公室了。

「袁法醫，淚痕ＤＮＡ比對結果出來了，不是趙晴的，也不是趙炳南的。」鑑識員妹妹的聲音有些興奮。

太好了，第三人！

現場總算有了第三人的痕跡，案情終於有進展了！

袁日霏一陣心喜，接過鑑識員妹妹遞來的報告，驀然想起了什麼，抬首一看，待在法醫室角落的趙晴不知何時已不見蹤影。

「是清川醫院，社工查過了。現在剛好是戒毒門診的時間，我過去看看。」于進結束手機通話，萎靡的精神爲之一振。

「我也一起去，順便了解一下趙晴的戒癮狀況。」袁日霏脫下白袍，準備與于進一同出發。

「好。」于進頷首。

兩人快步走出大樓，遠遠地便看見一道身著唐裝的身影立在牆邊，慵懶的、從容的，望見他們兩人時，緩緩勾了勾唇，眉目間仍是那股愜意傲然的神氣。

「鳳六？你怎麼來了？」于進一愕，快步走向鳳簫。

「夜觀星象，發現你們需要我，所以就來了。」鳳簫扯唇，伸指向天。

于進和袁日霏同時望向天空——陰天，雲層厚重，更何況天都還沒全黑呢，哪來的星象？

不要理他！

袁日霏和于進兩人交換了個無奈的眼神，做出相同的決定。是嫌今天還不夠煩嗎？

「怎？不歡迎我？這麼稱職的工具人自動送上門來，沒要你們叩謝皇恩就不錯了，要找的人可能會布置結界不是？」

不能不理他！

袁日霏和于進臉色一變，同時心想。

「搭她的車。」

「搭他的車。」

袁日霏和于進齊聲表示，今天已經夠烏煙瘴氣了，和鳳六同車可能會在還沒到達目的地之前，先被他的胡說八道氣死，因此兩人推得比什麼都快，從來沒這麼有默契過。

「好吧，我走了。」鳳簫涼涼一笑，頭也不回地擺手。

「……算了，搭我的車。」袁日霏放棄了，跟鳳六與于進比無賴，她是絕對不會贏的。

袁日霏無奈地拿出警示燈裝上車頂，三人兩車一同前往清川醫院。

第八章

「如何？今天複驗現場，帶回遺體，被罵得很慘？」坐進副駕駛座的鳳簫繫好安全帶，轉頭問袁日霏。

身為蹚入渾水三人組的其中一員，適時關心一下兩位小夥伴是必要的。

「還可以。」袁日霏發動引擎，打開空調。

這並不是她第一次開車載鳳簫，之前三更半夜去趙家時，也是她開的車。對於鳳簫坐在她的副駕駛座這件事，雖稱不上習慣，但她確實已經沒有初次那麼彆扭。

也幸好沒那麼彆扭，不然從這裡到清川醫院大約有十五到二十分鐘的車程，這段時間會非常難熬。

「還可以？那就是被罵得很慘了，哈。」鳳簫聽起來居然有些幸災樂禍。

幼稚！是小學生嗎？

袁日霏撇頭睞他一眼，對他無禮的言行舉止越來越適應，經過這幾次的碰面，耐受性提高了不少。

空調氣流緩緩送出，鼓動了袁日霏的衣袖，她皺了皺眉，清晰聞到自己散發出實在算不上好聞的氣味。

車內是密閉空間，加上一旁鳳簫身上獨有的草木氣息，更加令她覺得自己難聞。

「你應該搭于隊的車的。」袁日霏踩下油門，轉動方向盤，不禁開口。

「這麼快就想趕我走？」鳳簫挑眉。

「不覺得我身上都是藥水味？或許還有屍臭味。」她可是一早從趙家直接到警局去的，中間還經過了兩臺解剖，雖然換過一套衣服，依舊混雜了許多難以言喻的味道。

「怎？有人嫌過妳？」鳳簫眉尾揚得更高了。

袁日霏並不想回答這麼私人的問題。

「我今天看到趙晴了。」袁日霏直視著前方，手握方向盤，有一搭沒一搭地轉開話題。

之所以主動和鳳六提起這件事，約莫是因爲只能和他談吧？

畢竟除了鳳六之外，還有誰會相信她能看見被解剖的死者？

于進？不，她不想再多一個人知道了。

「一樣看得見但聽不見？」鳳簫記得她之前是這麼說的。

「嗯。」袁日霏點頭，至於趙晴伸手指向她的插曲，她沒有特別提起。

「怕嗎？」鳳簫盯著她看來淡漠的側顏，突然很想知道這個問題的答案。

這是她第二次提及能夠看見被解剖的死者這件事，上回是去找他興師問罪，氣沖沖的，這回則是出乎意料的平淡，難道習慣了？

怕嗎？袁日霏一頓，似乎從來沒有想過這個問題。她確實因此感到困惑和驚異，但若說是恐懼，好像還有一段距離，而這件事也並沒有影響她工作時的情緒。

只是若問她的意願，她當然是希望再也不要看見。

「怕有什麼用？」袁日霏聳了聳肩，略過這個是非題，反問道：「你總是看得見？」

「當然。」鳳簫回應得理所當然。對他而言，這種事再正常不過了。

「能聽見嗎？」袁日霏趁著等紅燈的空檔偏首。

「如果它們願意說話的話。」

「一直都是這樣？從出生時就是？」

「是。」

「你不怕嗎？還是個孩子的時候。」

「怕也沒有用。」鳳簫自然地答道，沒發現自己用了與袁日霏雷同的句型回應。

方才他問袁日霏見到鬼怕不怕時，袁日霏也說了「怕有什麼用」。

是啊，有什麼用呢？

倘若沒有人能站到他們面前爲他們解決問題，恐懼這種感受是會被擱在如何解決問題之後的。光是思考該怎麼辦就夠受了，哪有時間害怕？

袁日霏若有所思地望了鳳簫一眼。

她是孤兒，從小到大獨立慣了，總是得自己解決問題，確實沒時間害怕。可鳳六呢？

他看起來家庭和諧，事業平步青雲，還身懷異能，彷彿能呼風喚雨，然而卻說得與她同樣無奈，莫非他也與她有著類似的心路歷程？這可能嗎？袁日霏爲這個猜想感到訝異。

鳳簫頓了頓，又道：「據說我兩歲時就抓了隻小鬼陪我玩，而且我們家眞正怕鬼的人其實是我媽，看見她那麼怕，就只會想笑了。」

原來這人的劣根性是從小養成的，伯母好可憐。袁日霏在心中爲鳳簫的母親默哀了三秒，同時也由鳳簫話中意識到另一個疑點。

「令堂看不見？」袁日霏發問。

難道這就是鳳六似乎和她一樣無奈的原因？因爲他的母親看不見，而且比他更害怕，所以爲了保護比他更脆弱的母親，他才不得不強悍？

「嗯，看不見。並不是所有鳳家人都擁有靈能，我媽是個徹頭徹尾的麻瓜，神仙來都救不了的那種。」

袁日霏再度爲鳳簫的母親默哀了幾秒，爲她兒子的壞嘴感到無語，但也更加證實了心中猜想。

或許，鳳六正如她所想的那樣，僅是因爲「不得不」才養成了如此張揚跋扈的性格。

「所以我就說，妳在趙家時根本完全沒必要站到我身前，沒有人能保護我，我也從來不需要保護，無論對方是人是鬼。」說著說著，鳳簫不禁又把袁日霏試圖保護他這件事拿出來講。

沒辦法，畢竟這件事對他而言，是十分新奇且難得一見的大事。

「你何必這麼刻意強調？」袁日霏抬眸睞他。

「因爲從來沒人妄想保護我。」鳳簫回答得很囂張得意。

「是這樣嗎？」袁日霏聽在耳裡，卻覺得他只是故作姿態罷了。

從這個角度切入，他們兩人是一樣的，爲了讓自己顯得獨立又強悍，她用高冷寡言來維持她的專業與冷靜，而他用的是囂張與無賴。

「不然呢？」鳳簫不明所以。

「你時不時要將這件事翻出來提，代表你印象深刻，而你之所以印象深刻，或許其實是很想被人保護吧？」

「我想被人保護？哈、哈哈！」鳳簫皮笑肉不笑，唇角勾起輕蔑的弧度。

「妳有妄想症吧？」她是腦子壞掉嗎？怎會導出這種結論。

鳳簫瞇眸，雙臂環胸，實在不可思議。

「好，我有妄想症。」說中了！他的肢體動作呈現典型的防備姿態，釋放出不願被人看穿的訊息。袁日霏嘴上清清淺淺地答，卻拿出犯罪心理學那套來觀察鳳簫。

「……」她這是什麼胸有成竹的了然眼神，看了眞令人不爽！

可是，怎麼又覺得有點被人識破的窘迫感？不不不，他才不是她說的那樣，就算是，他也不要承認，誰想被誰保護啊？

見他臉色忽明忽暗，似乎有些困窘，袁日霏選擇不戳穿，適時引開話題。

「看見那些妖鬼時，你都在想些什麼？」袁日霏問。

「怎麼幫它們，又或者是怎麼解決它們。」鳳簫果然被引開注意力，答得飛快，就像這是唯一眞理，不需思考。

「那妳呢？看見屍體時，又在想些什麼？」他突然對她感到更爲好奇了。

不只是因爲她的命格與骨相奇異，能夠踏入結界，還因爲對於她這個人感到好奇。關於她的性格、她的想法，他都想多了解一點。

「一樣。怎麼幫它們，又或者是怎麼解決它們。」袁日霏同樣答得飛快。

他們兩人又用了同樣的句型，有著同樣的思考模式與默契。明明涉足的領域截然不同，對一般人而言可能有點難以理解，可他們居然能如此了解對方。

好吧，或許他們一個人接觸的是屍體，另一個人接觸的是靈體，處理的都是橫跨了生死陰陽的……姑且稱之爲物件好了，就這點而言，他們兩人確實是一樣的。

知道有人和自己抱持類似的想法、做著類似的事情，感受其實挺好。袁日霏心想。

鳳簫頓了頓，也理解了袁日霏的想法，唇邊勾起幽微笑意。

他安靜地注視著袁日霏，難得沉穩的藍紫色眼眸像盛滿海洋，袁日霏在下一個紅燈時停下，深深地與他對望，向來淡然的眼神染上幾分波瀾。

眞難得他們之間能有達成共識及和平相處的時刻，只可惜袁日霏沒來得及感動太久，鳳簫又拋出炸彈了。

「既然我們這麼有默契，八字給我。」

「不要。」即使上一秒有什麼默契，這一秒也統統沒有了。

袁日霏雙眸圓瞠，不可思議地望著他，非常訝異他又舊事重提。

他怎麼還沒忘記這件事？究竟對她的八字有什麼執念？

「妳眞的很固執。」鳳簫皺眉瞪她，很想罵她小氣，但小氣是女人才使用的措辭，他才不要用。鳳簫完全沒有意識到，他此時賭氣的行爲有多麼幼稚。

「你才固執吧，爲何老是要我的八字？」袁日霏蹙著眉頭瞪回去。

「因爲妳很奇怪，明明是個普通人，卻能踩入結界，還能看見死者的靈體，要說妳有什麼靈力嘛，也沒有。再說，我上次摸妳的骨相，妳的骨相也很奇怪……欸，妳爲何這麼介意給我八字？有人幫妳批過命，說妳命格不好？」

「你之前亂摸我，是爲了摸我的骨頭？」這哪招？不如打開車門把他推出去好了。袁日霏惡狠狠地瞪他。

「不然呢？妳以爲我暗戀妳嗎？不要這麼失望，妳好好努力，我會考慮一下暗戀妳這個選項。」

「誰要你考慮了！」她又忍不住使用驚嘆號了。和鳳六對話不使用驚嘆號難道是她人生中最難解開的成就嗎？袁日霏氣結。

「妳還沒回答我。是有人幫妳批過命，說妳命格不好？」不管袁日霏有多生氣，鳳簫總是能把話題拉回來。

「我不想回答你的問題。」都快被他氣死了，誰還要回答問題？更何況這是她從來就不想提到的部分。

「命無正曜？命格是空宮？」可惜鳳簫遠比袁日霏想像中的更敏銳，也更咄咄逼人。早在對她使用護咒無效時，他便已推測出這個可能。

袁日霏沉默不語，重重踩下油門。因爲被戳破沉痛心事，緊握著方向盤的指節幾乎握到泛白。

「就算是命宮是空宮也無妨，有些名人也是命無正曜格，那要視整體搭配才說得準。總之，無論妳從前被說過什麼，都快把八字給我，我很厲害的，能讓我相命是妳八輩子修來的福氣。」鳳簫繼續遊說。

「你什麼時候才可以不要這麼自負又自戀啊？」孔雀之王嗎？袁日霏眞是被他打敗了。不，被打敗都不足以形容她此刻的心境，被打到十八層地獄還差不多。

「這麼強大我也是很困擾。」鳳簫的語氣眞的十分煩惱。

「修道之人難道不該低調？」童話故事或電視劇裡的仙人都是這樣的。

「樹大招風有聽過嗎？」

「就是聽過才說要低調。」

「不，正是因爲鳳家樹大，所以風都衝著鳳家來就好。」

「爲什麼？」

「因爲……」鳳簫忽地湊到她耳畔，低聲神祕地道：「因爲，我們道行高。」還以爲他要說什麼呢，厚臉皮的程度也挺高的。袁日霏的白眼都快翻過太平洋。

「你很厲害？」袁日霏話鋒一轉。

「當然。」鳳簫洋洋得意。

「看過很多相，批過很多命？」

「就是。」鳳簫眉飛色舞。

「那有沒有一種人，生來就注定會爲別人帶來災難？」袁日霏喉頭一噎，這問的當然是她自己的情況。

假如是以這麼輕鬆的方式問鳳六，或許她就能坦然開口了。

「有啊，不然妳以爲我爲何說妳是我的業障？」

「喀」的一聲，汽車中控鎖突然打開。

「算了，你跳車吧，當我什麼也沒問。」袁日霏神情木然，什麼都不想聽了。

「哈哈哈哈哈！」鳳簫雙肩抖動個不停，簡直笑到快斷氣。

看著袁日霏這種無語問蒼天的絕望神情眞是超級舒暢，他勾起唇角，很愉快地指著她右眼皮上方那顆小小的紅痣。

「那顆痣叫做妖痣，是指容易迷惑別人，會讓人辨不清眞僞的意思。」

聽！黃立仁還誇她的痣漂亮呢，而眼前這人居然說她的痣是妖痣，到底誰才是妖孽啊？

袁日霏更加無奈了，決心不理他，專注開車。

謝天謝地，清川醫院就在前頭不遠處，剛剛那什麼一閃即逝的理解與眸光中的海洋全是外星人的妄想。

「妳認爲妖痣這說法是迷信嗎？我也覺得是迷信。」鳳簫自顧自地發表完關於妖痣的言論後，又自顧自地發表看法。

「……」第一句話是問句吧？可他根本就沒打算要聽她的回答，那還用問號做什麼？袁日霏繼續目不斜視，內心的無力感越來越強烈。

不過，聽一個命理工作者提及迷信，倒是令她感到十分訝異，不由得豎耳聆聽。

「只是因爲痣長在眼皮上，而說話時會搧動眼睫，容易讓習慣直視對方眼睛說話的人將注意力分散到痣上，所以也才會容易使人感覺被迷惑，辨不清對方話中的眞僞。」

聽起來很合理，但袁日霏不願回應他。她沒有發現，自己也和鳳六一樣越來越幼稚了，近墨者黑果然是千古不變的眞理。

「大多數的命理都很科學，總有個脈絡可循，無論是面相、手相或風水都一樣，是迷信還是科學，端看個人解釋而已。就像妳，這年頭的法醫看起來好像多厲害，但在古時候不過只是受人輕賤的仵作而已，只是因應時代的變化，在社會上才有了不同的定位。」鳳簫直視著袁日霏，態度難得認眞。

他有一種深刻的直覺，袁日霏之所以不提八字，一定有著什麼沉重難言的理由，與她方才的問題息息相關。

若那是她的痛腳，他並不認爲有往上踩的必要，雖然開口整整她、看看她被氣得叫他跳車還是需要的。

「我不知道是不是曾經有人告訴過妳什麼，但注定會帶來災難這點，要看妳怎麼定義災難。是科學還是玄學，是災難還是迷信，那個答案，妳得問妳自己。」

袁日霏對命理沒有研究，當然並不了解命理與科學有什麼關係，但是鳳六突然這麼認眞地回答她的問題，是意識到她的痛處了嗎？

有可能嗎？在一堆亂七八糟的言談之中，夾雜著看似體貼的發言，一定是外星人要來毀滅世界了。

「你到底為什麼會來警局找我和于進？總不會眞的是夜觀星象吧。」袁日霏瞧了一眼窗外暗下的天色，轉開話題，姑且壓下內心那份暫時能稱之爲感動的錯覺。

「上次不是已經說過了？我懷疑這些事件是衝著我來的。」一聊回自己的事，鳳簫聳肩，又恢復成一派輕鬆的模樣。

「因爲劉博嘉和趙晴的符？」袁日霏偏頭瞅了他一眼。

「還有妳。」

「我？」袁日霏皺眉，看了看眼前的清川醫院招牌，到了。

「是，莫名其妙的妳，奇怪的妳。我回去之後想了想，總覺得那個藏屍的結界簡直像是在等妳找我來，所以才特地布下似的，屍體旁的符咒更是。假如是我多心，那最好，但假如不是，就代表除了妳我、于進之外，還有人知道妳能進出結界。」

「雖然你上次稍微提過，我還是覺得這個推測很詭異。」與其說是詭異，不如說是不想相信。袁日霏將車開往醫院的停車場，在入口處停下，打開車窗取票。

「哪裡詭異了？那天在警局外頭，妳第一次闖入我的結界時，或許有別人看見。」袁日霏發現趙晴的遺體前，曾兩度誤入結界，一次是在警局前遇到半妖顏欣欣，一次是來鳳家找他的時候。

基本上，鳳家結界天羅地網、密不透風，無論人鬼妖神，要擅闖皆不容易，因此，在鳳家被第三者發現的假設能完全排除，只剩下在警局前的選項。

警局前的話，那會是誰？會是鑑識中心、解剖中心、刑警局內的同仁嗎？又或者是顏欣欣的家屬？恰好經過的路人？

袁日霏取了停車票，將車駛入停車場，一邊找車位，一邊思忖。「難道我是誘餌嗎？有人想找你麻煩？」

「我不確定，也或許是要找鳳家麻煩。」鳳簫伸手，爲她指了指前方某個停車空格。

「好吧，就算我是誘餌好了，在事情尚未明朗化之前，你還是可以不用涉入太多，畢竟辦案是警方的事。」袁日霏看了看鳳簫手指的方向，將車停進停車格。一碼歸一碼，不拖累別人永遠是她的最高準則。

「不，我最愛計較了。」鳳簫看著袁日霏俐落倒車，將車子停得不偏不倚，彷彿連角度都經過精密計算，嘴角不禁又勾起微笑。她眞的是個瘋狂且一絲不苟的數理宅。

「計較什麼？」袁日霏拉起手剎車，確認引擎完全熄火後，擰著眉心望向鳳簫。

「剛剛說過了，在趙家的時候，妳不是擋到我身前了嗎？聽見于進腳步聲的時候。」鳳簫解開安全帶，吊兒郎當地與她對望。

「怎麼又提起這件事？這有什麼好計較的？」袁日霏雙眸圓瞠，跟著解開安全帶。

她是擋了他什麼啊？居然連這也要記恨。

「當然，睚眥必報。雖然目前還不能肯定這些事是不是針對我來的，不過假如妳是因為我、因為鳳家才惹上麻煩，那麼無論如何，我也會擋到妳身前去。」鳳簫定定地注視著她。

擋到她身前？原來是這種睚眥必報。這根本不是記恨，而是報恩吧。

坦白說，在趙家那晚的事，她根本沒放在心上，未料他卻反覆提起，如此慎重。難道就是因為從來沒人保護過他，所以他才這麼重視？

袁日霏望著他眼裡深沉的海洋，突然覺得胸腔狠狠被撞擊了一下，不知該回應他什麼，才能說清心中複雜的感受，車內頓時充斥著奇怪的沉默。

「怎？帥氣到妳說不出話來了？」毀掉氣氛永遠是孔雀的專長。

「自戀到我說不出話來了。」不要怕，剛剛只是外星人短暫占領了她的腦波，她還是很理智的。什麼感動心疼或曖昧都死到外太空去吧！

「為什麼要狡辯呢？」鳳簫一臉悲天憫人。

「你好煩，快下車。」袁日霏打開車門，一股腦將鳳簫推下車，沒發現把他推出去的同時，她居然跟著笑了。

清川醫院到了。

而她帶了一隻自戀孔雀王，討厭鳳六已經遙遠得像上個世紀的事。

第九章

進入院內後，袁日霏、于進與鳳簫很快找到了戒毒門診。

「趙晴？我知道啊，她是我的病患，而且她戒毒的意志很堅定，是難得一見的優良患者，負責她的心理技師也對她讚不絕口，要是每個成癮患者都能和她一樣就好了。」趙晴的戒癮醫師——吳醫師——如此說道。

「吳醫師，我需要了解趙晴使用美沙冬的頻率和劑量，但是今天時間倉促，還沒來得及向局裡報備。明日我會向長官申請發函，索取趙晴的就診紀錄和病歷資料，屆時再請您協助辦理。」說話的自然是袁日霏。病例調閱畢竟和口頭了解不同，需要正式申請。

「好，等刑警局公文來，我一定配合。」吳醫師點頭。

在戒毒門診服務的吳醫師頗有年紀，接觸的成癮患者眾多，已經不是第一回遇到刑警來偵辦案件，很多細節都是心照不宣。見袁日霏與于進來問案，並沒有太多疑問。

「請問……趙小姐她怎麼了嗎？」但在一旁的年輕護理師小姐顯然沒有吳醫師的見多識廣，忙不迭發問。

「我們懷疑趙晴與一起案件有關，她似乎又開始吸毒了。」于進語帶保留。

爲了避免節外生枝，他向來習慣只說明部分狀況，探探虛實，以免打草驚蛇。眼前的吳醫師與護理師兩人似乎都不知道趙晴已經死亡，可以暫時排除在清查對象之外。

「趙小姐又開始吸毒了？怎麼會？」護理師小姐一驚，和吳醫師對視一眼，十分遺憾地道：「幸好小季醫師不在，要是他知道，肯定又要胃痛了。」

「小季醫師是誰？」于進立刻反應。

「他叫季光奇，是院內一位十分年輕且優秀的一般外科醫師。因爲一般外科有兩位醫師都姓季，而他比較年輕，所以就被稱作小季醫師。」吳醫師回答。

「小季醫師和趙晴關係很好？」于進繼續問。

「是啊，交情不錯，他很關心趙小姐，每次趙小姐回診，他都會過來看看。」吳醫師點頭。

「我之前也遇過幾次，小季醫師和趙小姐在醫院附近的餐廳一起吃飯，有說有笑的。還有一次，趙小姐不知道爲什麼哭得十分傷心，小季醫師就坐在旁邊很有耐心地安慰她。」護理師接話。

「他們是男女朋友？」于進自然有這樣的聯想。

男女之間有純友誼？他是不太信啦！更何況，趙晴胎兒的父親都還不知道是誰，或許就是這個小季醫師也說不定。

「不是，小季醫師好像說過以前和趙小姐是同學還是鄰居，我忘了。而且小季醫師有女朋友，下個月就要結婚了。」院內八卦自然是年輕護理師的守備範圍。

「請問，這位小季醫師現在人在醫院裡嗎？」沉默了好一會兒的袁日霏開口。

「我不清楚耶。」護理師和吳醫師同時搖頭。

「可以麻煩妳查查門診班表，或是打電話去一般外科問問嗎？」袁日霏請託。

「好啊。」護理師立刻拿起桌上電話的話筒撥打。

與趙晴交好的外科醫師，下個月就要結婚的外科醫師，怎麼想都覺得不太尋常。袁日霏和于進交換了個有點複雜的眼神，同時心想。

鳳簫則站在一旁，事不關己。

「一般外科那邊說，小季醫師從前天就開始休假了，休三天，明天才會來上班。」護理師向外科詢問過狀況，掛上電話。

前天？昨日發現趙炳南的遺體時，趙晴的死亡時間推斷已經超過二十四小時，那不就是趙晴死亡當天嗎？這麼巧？

「那可以再麻煩妳問看看他的住家電話與手機號碼嗎？我們可能需要他的協助。」

「好啊。」護理師小姐爽快答應，先從外科問到了季光奇的電話，再一一撥打。

「……都不通欸，他們給了我三支電話，住家和兩支手機都不通。」

于進與袁日霏再度互望一眼，預感更加不祥，而鳳簫咬著不知從哪裡找來的口香糖，在旁邊吹起泡泡，百無聊賴。

「護理師小姐，妳剛剛說小季醫師會胃痛？」袁日霏問。

「是啊，小季醫師時常胃痛，他有胃潰瘍。」護理師看向袁日霏。

「他都在院內就診？」

「沒錯。」

袁日霏驀然轉頭，奔出診間，診間裡的人皆一頭霧水。

「袁法醫，妳去哪兒？」于進急急忙忙對著袁日霏的背影喚。

「他有胃潰瘍，可能做過病理切片，假如有病理組織留下，我們就可以請鑑識組比對他的ＤＮＡ，我去問問病理科。」袁日霏腳步沒停，側首說完話，人就不見了。

「她反應很快，挺有魄力。」鳳簫望著袁日霏消失的轉角，咬著口香糖，終於說了進入診間後的第一句話。

「是啊，你要是看過她拿刀挑掉遺體生殖器上情趣用品那股狠勁，會更覺得她有魄力。」于進下意識夾了夾大腿。

「比你適合當小隊長。」鳳簫說完，又吹了個泡泡。

「對，比我……不對！去你的！那是她的專業，她當然有魄力啊！還說袁法醫暗戀你咧，我看你才暗戀人家吧！」于進差點沒伸手將泡泡拍到鳳簫臉上。

「護理師小姐，可以請教一下小季醫師的辦公室在哪裡嗎？」可惡，他這就拿出小隊長查案的魄力！

「于警官，一般外科辦公室在E棟十七樓。」護理師答道。

「好，我明白了。吳醫師、護理師，謝謝你們的協助，我們先走了。」爲了證實自己的魄力，于進風風火火地拉著鳳簫便走。

前往一般外科辦公室途中，于進手機通話沒斷過，非常忙碌。

「對，我在醫院了，先將季光奇列入清查對象。」

「打電話問問他的家人，看看他最近有沒有什麼不尋常，是不是要準備辦婚事，和女友的感情狀況如何？和趙晴是什麼關係？」

「查一下這兩天有沒有他的出境資料，還有銀行往來資料、保險也要。」

「你爲什麼要這麼緊張？」好不容易結束了一大堆電話之後，鳳簫終於忍不住發問。于進的神情看來很凝重，剛才袁日霏也是。

「當然要緊張啊，這種突然消失的案件關係人最麻煩了，若他眞是兇手，畏罪逃跑雖然很嘔，但也就算了，頂多是追查起來比較痛苦。最麻煩的是，若他不是兇手而是第二個受害者，那就糟了，說不定在我們說話的同時，他已經陳屍家中了。等等如果還是聯絡不上他，他的家人也沒有他的消息，就一定得去他家看看了。」

鳳簫神情一斂，跟著鎖眉，原來刑警的考量是這樣。

第二個受害者嗎？

他確實沒考慮過這個可能……妖氣！

鳳簫猛然在某扇門前停步，瞇起眼眸，門上的標示牌清晰寫著「一般外科辦公室」。

「到了。」于進敲了敲門，向開門的醫師出示刑警證件，簡單說明來意，又簡短詢問了幾個問題，走到季光奇的座位旁。

一般外科辦公室裡恰好沒什麼人，而方才幫他們開門的那位醫師也在與他們談完話後，離開辦公室，室內僅餘于進與鳳簫。

「那個抽屜有問題。」見四下無人，鳳簫二話不說指向季光奇辦公桌左邊的第二格抽屜。

「真的假的？這麼神？」于進一臉不信，語帶調侃。

「我說過了，鳳家人真要作奸犯科的話，你是抓不到的。」

「真沒想過嗎？比如撬開銀行金庫之類？」

「誰會做那種自毀修行的事，又不是你，這麼下流。」

「你才下流咧！更何況你修行什麼了啊？」

「說出來嚇死你。」

「我好怕。」

「別廢話了，于進小隊長，快打開抽屜。」鳳簫說話的同時，指尖已經捏起咒訣，隱隱發出幽光。

于進見他斂容，不敢大意，屏氣凝神地將抽屜打開——

猝然間，好幾隻黑蛇從抽屜內奔騰竄出，張牙吐信，模樣駭人，速度飛快地朝他們攻來。

「媽啊！這啥？」于進驚叫，後退了好幾步。

鳳簫手起訣落，攻勢比黑蛇更快，霎時間靈焰翻湧，一舉吞噬黑蛇，黑蛇在空中發出斷鳴慘嚎，墜地化煙。

「這……這就是劉博嘉夫婦說的黑蛇？」初次見到這景象的于進餘悸猶存，幾乎說不出話來。

這麼一來，袁日霏那天提及的墨虎豈不是更駭人？袁法醫眞是個男子漢啊！他錯了，鳳六說袁日霏比他有魄力是對的。

「是。」鳳簫頷首，眉心緊蹙。「快看抽屜裡有什麼。」

倘若他的猜想沒錯，抽屜裡應該有與劉博嘉的平安符、趙晴房內的順產符類似的東西，才能感應到他的靈力，發動攻擊。這回他絕對不會再讓那符被湮滅，非得好好看清對方所用術法，得知對方來路才行。

于進仍然很震驚，低頭正想查看抽屜時，袁日霏恰好從外面探頭進來。

「于隊，我問過病理科了，季光奇之前真的做過病理切片，我已經請鑑識組明天來取樣進行比對，不過比對結果沒辦法馬上知道就是了……于隊？」袁日霏稍早傳了訊息詢問過于進所在位置，和于進約了在這碰頭，此時見于進的模樣有點恍惚，她伸手在他眼前揮了揮。

「對！鑑識組！病理切片！DNA比對！」于進終於真正從黑蛇的震撼中回神。

「他怎麼了？」袁日霏轉頭問鳳簫。

「不要理他，就是一些蛇。」鳳簫聳肩。

「蛇？」袁日霏很快意會過來。「又有了？這是季醫師的座位？」

「是，我們正要看抽屜裡有什麼。」鳳簫回話。

「于隊，我來看好了。」見于進那麼恍惚，袁日霏湊過來，就要接手。

「不用！我可以！」幹麼瞧不起他？他不過閃了一下神而已，正常人看到憑空竄出的蛇都會傻眼啊！于進不服氣地拉開抽屜，繼續查找。

結果根本不用查找，沒兩秒就翻出一張非常詭異又眼熟的紅紙。

又是紅紙？

三人一看，同時都擰了眉頭。

趙晴——民國一〇六年、歲次丁酉、農曆二月五日、寅時

「今天是農曆幾號？」于進問鳳簫。

「二月五號。」鳳簫的神色異常凝重。

「是今天？」于進大驚，鳳簫頷首。

「寅時？我記得顏欣欣跳樓的時刻也是寅時吧？顏欣欣那張紅紙上也寫了寅時，是凌晨三到五點，對吧？」于進又想了想。

「對。」袁日霏點頭，附和于進的說法。因爲很詭異，所以她的印象很深刻。

「那袁法醫，我記得妳說，妳發現趙晴的遺體時，死亡已經超過二十四小時了，所以趙晴的死亡時間就不會是今天的寅時了吧？」媽的，一看到這邪門的紅紙，于進就覺得渾身不舒坦。

上次是顏欣欣的跳樓時間，這回總不是趙晴的死亡時間了吧？于進的語氣聽來有些賭氣的愉快，只要沒被這該死的紅紙寫中就好。

看著難得面色深沉的鳳簫，袁日霏抿了抿唇望向于進，臉色有些發白。

「這不是趙晴的死亡時間……但是，這就是我們今天去趙家，發現趙晴被剖屍取胎的時間。」

「趙晴被剖屍取胎的時間？」于進心下大驚，驀然感到惡寒。

「要不要這麼未卜先知啊，對方還知道你們……不，知道我們什麼時間會跑去趙家？是怎樣，和你一樣夜觀星象？還是練過如來神掌？」

于進納悶到一半，想到今天凌晨跑去趙家的不只鳳簫與袁日霏，還有他自己，於是連忙改口，遷怒似的罵了鳳簫一句。

想當然耳，鳳簫沒打算理他。

「抽屜裡沒有別的東西了嗎？任何平安符、護身符之類的東西？」鳳簫不敢掉以輕心。

「我看看……沒有，除了這張紅紙之外，都是一些尋常的文件資料和私人物品……欸！電話來了。」于進話說到一半，手機響了。

在他接聽電話的同時，袁日霏也拿出手機，對著那張寫著趙晴姓名的紅紙拍照，再以鑷子夾取紅紙，收進證物袋裡，放入她為了以防萬一拎來的相驗包中。雖然這麼做與程序有點不合，但她目前只能如此取捨。

「等等。」鳳簫驀然喊住袁日霏，從透明的證物袋後看見紅紙背面似乎寫著某種符文。

「怎麼了？」袁日霏的手舉在半空中，疑惑地問。

鳳簫抿唇不語，仔細瞧著紅紙背面的符文，越看眉心擰得越深。

這……怎麼會？鳳家符？

有幾分相似，又不全然是，似是而非，居然連他都感到難以分辨……

「慘了！這下麻煩了！」于進打斷了鳳簫的思路，掛斷電話，神色惶惶。「季光奇真的沒有消息，他的家人說他單獨住在外頭，一個月才回家兩趟，最近剛好沒回去。而他女友則說，前幾天跟他吵過架，正在冷戰。」

「最壞的情況。」袁日霏皺眉。

「不過，幸好沒有他的出境資料，人還在國內就好辦了。我得去他家看看。」于進說完便要離開一般外科辦公室。

「我也一起，若有什麼萬一，我在場比較好。」袁日霏跟著于進往外走。無論季光奇是死是活，人有沒有在住處，有法醫隨行總是比于進單獨前往好。

「好。」于進頷首，問走在他們身旁的鳳簫：「你也要一起？」

「當然，今晚一定有事。」鳳簫斬釘截鐵地答，暫且不提紅紙背後符文與鳳家符相似這件事。倒不是他刻意想隱瞞，只是還在這時候說，僅是無端添亂罷了。

「有事？不要說得這麼不祥好不好，你又知道了？要是你再說什麼觀星象或如來神掌，我就揍你！」已經夠不安了，還在那危言聳聽！

于進一邊前行，一邊沒好氣地瞪鳳簫。

「不，我看你印堂發黑就知道了。」鳳簫涼涼地瞪回去。

「你才印堂發黑！你全家都印堂發黑！」于進馬上跳起來。

「你真的很幼稚。」

「這世界上最沒資格說我幼稚的就是你！」

都什麼時候了，這兩人居然還能鬥嘴？

「你們好吵。」袁日霏走向電梯，按了下樓鍵，十分無奈地看著身旁的兩個幼稚小學生。

「什麼好吵？我是怕你們太緊張，才不停說話來緩和氣氛的好不好？」于進不服氣。

「緊張的只有你。」鳳簫與袁日霏異口同聲。

他們相視一眼，再度證明彼此在面對于進上有十足的默契，兩人唇角同時卿笑，已經越來越習慣與對方相處。

「拜託，我緊張什麼啊，我們是要去民宅，又不是去盜墓，難不成季光奇家還會有什麼機關？打開門會有幾支箭射出來？」

「叮——」

下樓電梯來了，于進率先走入，邊走邊抱怨。

未料一語成讖就是這樣的，季光奇的住所還眞有些什麼。

三人到達季光奇的住處後，鳳簫四下張望，隨意走看，輕佻神色一斂，雙眉緊鎖，眸光專注。

袁日霏默默望了聚精會神的鳳簫一眼，不知爲何，竟覺得有他在身旁的感受很奇妙，並不討厭。

短短一天內，她與他夜探兩處住所，先是趙家，再來是這裡，眞是種奇怪的緣分。明明不是警局同仁，與她非親非故，卻懷抱著想償還她的心思，說他會擋在她前頭……

「媽啊，外科醫師這麼有錢？獨棟的別墅耶！」眼前的豪宅令于進嘆爲觀止。臺北市近郊山區的房價多貴啊，居然還是一整棟樓。

袁日霏稍稍飄走的心思被于進的驚嚷拉回，眸光自鳳簫身上移開。她並未對于進的言詞發表任何意見，僅是面色平緩，拎著手中相驗包，先在別墅外圍查看。門窗緊閉，窗簾緊掩，看不到屋內動靜，也並未聽見屋內傳出任何聲響。

「向局裡報備過了？」袁日霏問于進。

「報備過了，我們先探探，隨時可以請求支援。」于進抬手便要按電鈴。

「等等。」鳳簫攔住于進。

「幹麼？」于進和袁日霏同時疑惑地望向鳳簫。

「你看。」鳳簫伸手指著門上懸掛的紅花。

「看到啦，怎樣？你還有閒情逸致賞花喔？」于進白眼。

「這是石蒜，也就是彼岸花，引魂用的。」鳳簫回他一個更大的白眼。

袁日霏覺得這兩人無時無刻都能拌嘴的相處模式簡直出神入化。

「啥？」于進一頭霧水地打量門上紅花。

「那兩排種的是槐樹，用來聚魂招鬼。」鳳簫指向正門前的兩排大樹，于進和袁日霏隨著他所指的方向望去。

「那又怎樣？總不能因爲人家種了樹、掛了花，我們就不按電鈴、不進門了吧？」于進還是搞不懂鳳簫突然說這些做什麼，袁日霏同樣不解。

「還是得進去，只是，這是一個風水局。」自從來到這裡後，鳳簫的神情就沒放鬆過。

本來只是懷疑對手是個高人而已，現在接連兩張紅紙，加上眼前景象，已經不需懷疑。然而，對方的目的究竟是什麼？和鳳家又有什麼淵源？還是得親自會會才行。

「說人話。」于進沒好氣。「風水局是啥？」

「就是，這是一個陣。」鳳簫眸光銳利，一一指向四周布局。

「前門向西，直通山頭，大門兩旁種滿槐樹，門頭懸掛彼岸花，屋型前寬後窄，儼然是爲棺形，左祭五鬼，右招陰兵。這裡就是鬼門，引凶入邪，引魂入門，進屋入棺者都得死。」

「你說得這麼恐怖想嚇唬誰啊？」嚇唬誰？不就是他嗎？于進隨著鳳簫所說四下張望，越望越驚悚，眞的嚇壞了，彷彿就連風吹樹葉的聲音都變得讓人毛骨悚然了起來。

剛剛在醫院辦公室那黑蛇已經夠恐怖了，這下屋子裡還會有什麼？

「所以呢？」袁日霏輕輕淺淺地問，望進鳳簫眼底。她不是質疑，也不是挑釁，是真的想聽聽看他接著要說什麼。

她從來不信神鬼，也不想相信，但接連經歷了許多怪事，包括結界、妖物、紅紙，以及看見死者，使她一直以來堅守的信念逐漸動搖，雖稱不上通盤接受，但至少已沒有當初那麼排斥抗拒。

而與鳳簫幾番相處之後，雖然還是對他孔雀自戀的習性很受不了，但她也已漸漸開始信任依賴，最初的壞印象早已蕩然無存。

「所以呢？」鳳簫反問袁日霏，面露懊惱。

進屋是一定要進的，管對方布了什麼陣，管裡頭有什麼，來鬼殺鬼、來妖除妖。可是于進和袁日霏和他不一樣，只是一點靈力也沒有的普通人，他要怎麼保護他們？于進還算好辦，他面目方正，一副名揚疆場之相，命宮不知有多少主星相護，隨隨便便掐個護訣，招來主星持守就沒事了。但是袁日霏……

「怎麼把問題丟回來給我？」袁日霏不解地問。

鳳簫臉色複雜地注視袁日霏。「妳……唉，眞是上輩子欠妳的。」

「我又怎麼了？」才剛覺得信任他，對他改觀，他又哪片毛摸不順了？袁日霏皺著眉頭瞪鳳簫。

「過來一下。」鳳簫朝她勾了勾手指。

「做什麼？」袁日霏有些戒備。

「過來就是了。」

「不可以摸我骨頭。」袁日霏鄭重聲明。

「好，快過來。」

袁日霏半信半疑，戰戰兢兢地靠過去，鳳簫驀然伸手碰她耳朵。

「幹麼？」袁日霏脖子一縮，顯然被他嚇了一跳。

「沒什麼，還以爲沾到什麼，是我看錯了。」鳳簫迅速地將手抽回來，卻已經在袁日霏的右耳留下一枚淡紅色的指印。

那是他的靈力，他的眞氣，妖鬼驚懼的鳳家標記。淺淺的，像枚櫻花花瓣，綻放在她的右邊耳垂。

「喔……謝謝。」是她的錯覺嗎？袁日霏摸了摸耳朵，總覺得耳垂熱熱的。

「不謝。」鳳簫看著她右耳上那枚櫻瓣，居然不覺討厭，還有點滿意。

她也許是誘餌，所以他選擇留在她的右耳。

假若對方眞是刻意選她爲餌，那爲何選她？她有什麼特別之處？

鳳簫沒有答案，只知道他雖是迫於無奈，但確實沒有當初那麼排斥將袁日霏納入鳳家的保護傘下。

因爲她聰明？因爲她可靠冷靜？又或者是因爲她曾擋在他前頭，以身相護？與他有著同樣的默契，彷彿能窺知他內心所想？

無論是什麼，總歸是不希望她有任何閃失。

「好了，趕快看看那個季光奇在不在，趕快解決、趕快收工，今天累死了。」于進毛骨悚然歸毛骨悚然，但想回家睡覺的心情勝過一切，他很想趕快結束這回合，伸手就要按季家門鈴。

「到後面去。」鳳簫再度將于進攔下，站到大門前方。

「不對吧，憑什麼我要站後面？我才是警……嚇！你手上的桃木劍是哪裡來的？」根本四次元口袋！這太誇張了！于進瞪著鳳簫手裡不知何時出現的桃木劍嚷嚷。

袁日霏的表情與于進同樣驚駭。

「不管桃木劍是從哪裡來的，拿木劍都是不可能開鐵門的。」袁日霏低聲恍惚地道，不敢置信。這太驚人了。

「不只要開門，我還要破陣。」鳳簫回頭向袁日霏和于進交代：「接下來不管發生什麼事，都不要離我太遠，你們兩個都是。」

袁日霏和于進還來不及反應，鳳簫已經屏氣凝神，張手結印。

不知是否錯覺，他們總覺得鳳簫手上的桃木劍發出冷冽光芒，一點都不像尋常的木劍，而自從他開始沉聲唸些什麼之後，四周的樹木彷彿都躁動不安了起來，山裡屋外皆充滿詭譎之氣。

袁日霏和于進不禁吞嚥口水，本能地朝鳳簫身邊靠攏，心中惶惶不安。

鳳簫手執桃木劍，行步轉折，腳踩七星、步罡踏斗，足踏之地泛出奇異紫光，七步連成一線，將他們三人圈網其中。

他墨髮飛揚，在黑夜中閃爍的藍紫色眸光顯得特別豔媚，左手掐玉紋，右手結劍訣，襯映桃木光芒，熠熠生輝。

「唰——」屋前槐樹枝葉鼓譟，沙沙疾響；牆上豔紅花朵飛綻，門板喀喀作聲。

鳳簫左手桃木劍往前一指，凌空擘出半圓，劍尖寒光迸裂，無數道劍氣同時翻騰，眸光銳利如星。

一時間風聲颯颯，窗寒昏霧，袁日霏和于進同時一愣，恍惚間竟似看見樹林中黑影飛竄，從四面八方疾湧飛撲而至，發出從未聽過的狂鳴嘶吼……發生了什麼事？

「光徹重樓，風火電光生，九鳳破穢！」鳳簫在半空中挑出一劍，勢如破竹，雷霆萬鈞。一道藍紫色電光伏湧而至，發出刺眼白光，在地上衝擊出一道不小的震波，將竄撲到他們身旁的黑影一一擊落，黑影厲聲慘鳴，神魂俱杳。

電光石火之間，槐樹震盪，彼岸花滅，屋內門窗同時透出白光，就像是屋內有人開了燈又熄滅，又抑或是屋內落了一道雷，四周的空氣彷彿都被淨化了。

拜託，屋內怎麼可能會落雷？但是用桃木劍召雷更荒謬……

「咿——」

一陣寒光捲地而起，震開了季宅大門。

「好了，進去吧。」鳳簫神色如常，就像剛才什麼都沒發生過一樣。

他手裡的桃木劍不知何時消失了，袁日霏和于進表情呆滯，已經不能再更驚奇了，瞪著他好半晌，遲遲說不出句話來。

「幹麼？想稱讚我很帥氣也行啊，你們兩個光愣著不動是怎樣？」鳳簫一臉莫名其妙。

「走了走了，袁法醫，妳相驗包有帶吧？」于進顧左右而言他，對自戀孔雀的鄙視溢於言表。

「帶了。于隊，你今日有配槍？」袁日霏一同鄙視。

「好啊，你們走前面。」孔雀賭氣。

「小鳳鳳對不起我錯了還是你走前面吧你最帥氣了。」這麼無恥的當然是于進。

「小鳳鳳你妹！」

孔雀什麼的，帥氣果然只有兩秒鐘而已。

袁日霏走在鳳簫後頭，摸著隱隱發燙的右耳笑了。

第十章

進入季光奇的住所後，和鳳簫方才在屋外引起的騷動相較，屋子裡顯得安靜非常。

屋內陳設沒什麼特殊，就是一般的極簡風格。較爲異常的是，從玄關走入屋子裡的走廊既長且多，就算屋子再大，走廊也不會錯縱交結成這樣，彷彿看不見盡頭似的。而走廊兩旁房間很多，進了其中一道門還能通向另一道門，層層疊疊，走了老半天都還看不見客廳。

「這屋子怎麼回事啊？怪模怪樣的。」于進邊走邊咕噥。

「這是卦。」鳳簫解釋，也不管他們有沒有聽懂，只是回身交代：「跟好，不要離我太遠。」

「好。」于進和袁日霏齊齊應聲。

鳳簫走在最前方，聚精會神地查看屋宅裡是否有任何不尋常與鬼妖，于進和袁日霏則走在他身後。

「有人在嗎？小季醫師？」于進邊走邊喚，唯恐季光奇陳屍屋內，搜索的同時還不忘偷看鳳簫的桃木劍究竟藏在哪裡。

袁日霏隨著他們走了一段，總感覺身後有膠著目光跟隨，頻頻回首，不知不覺間與前方的鳳簫與于進稍微拉開了點距離。

走了幾步，忽感衣角有股拉力，袁日霏腳步一頓，垂首看去，竟發現有個小女孩拽著她的衣襬，睜大了水潤潤的雙眼，骨碌碌地直盯著她，神情既可憐又無辜。

小孩？季光奇有小孩嗎？還是親戚？看見家裡有陌生人闖進來，小女孩絕對嚇壞了吧。

「小妹妹，妳不要怕，我們是警察，是來找季光奇醫……啊！」袁日霏傾身，正想蹲下與小女孩對話，未料小女孩面目一變，厲目獠牙，血盆大口，雙臂奇詭伸長，張手欲掐她脖子。

袁日霏反應不慢，迅速向後躲閃，但小女孩手臂伸長的速度比她的動作更快，遠遠超出正常人能辦到的程度，眼看就要勒住袁日霏的脖子，卻在碰到袁日霏頸部肌膚的瞬間彈開。

燙！小女孩一愣，恨恨瞪著袁日霏右耳垂閃爍的燦目紫光，迅雷不及掩耳地撲身而上，又是一陣狂攻猛掐。

袁日霏嚇了一跳，側身閃避，躲開幾下探抓，但小女孩攻勢猛烈，又快又狠，袁日霏腳步有些踉蹌，身形不穩，正感不妙時，一道藤鞭挾帶著呼嘯風聲啪地捲來，牢牢纏住小女孩的身軀與頸項。

鳳簫左掌一收，長鞭捲起浮塵，猝然將小女孩往他那端捆縛收束，右手指訣一掐，往小女孩額上重重一拍，小女孩瞬間飛散。

袁日霏被突來的發展大大嚇了一跳，強烈的後怕襲來。她一陣急喘，鳳簫攫住她的手腕，將她拉到身旁來。

「說了別離我太遠。」鳳簫伸手撩開她頸畔髮絲，低頭探看頸部方才被觸碰到的地方，又摸了摸她右耳的櫻瓣，慶幸稍早時在她身上留下了指印。

「……對不起。」袁日霏嘴唇掀了掀，望著鳳簫好半天才說出幾個字，甚至忘了對鳳簫擅自觸碰她頭髮與耳朵的動作做出反應。

除了說對不起之外，她是不是還得向他說謝謝？

袁日霏低頭望向鳳簫拉著她的手，她確實被剛才的小女孩嚇到了，但仍覺得這樣被鳳簫拉著很不自在。為什麼不只右耳，好像連臉頰也變燙了？

「你手裡的鞭子又是哪裡來的？剛剛那小孩是什麼東西？」于進湊到他們身邊。

「這是縛妖索，剛剛那個是小鬼。」鳳簫顰眉，慢了很多拍才放開一直拉著的袁日霏的手。

「你不是說那什麼陣已經破了嗎？屋子裡還有鬼？」于進跟著皺起眉頭。

「陣是破了，該走的全走了，剩下的都是些不能跑的。」鳳簫睐眸往旁一睞，四點鐘和七點鐘方向各有一個孩子，天花板上也有一個，僅是睜大了眼靜靜看著他們，

與其說是監視，不如說是害怕，眼神充滿惶恐驚懼。

小鬼怎麼說都是受人控制奴役的亡魂，身不由己，若它們不主動迫害，鳳簫也會睜隻眼閉隻眼。他沒有找它們麻煩的興致，畢竟找出背後的控靈人才是首要之務。

「爲什麼不能跑？」于進不解地問。

「因爲……等找到再告訴你。」鳳簫說話的同時，又往四周看了看。

「賣什麼關子啊你。」于進不服。

「囉嗦。」鳳簫橫了于進一眼。

「本來這縛妖索和小鬼你都不該能看見的，是這屋子氣場不好，早就被人動過手腳，否則我才懶得跟你解釋。若是那個醫師還活著，待在這屋子裡也撐不了太久，除非……」鳳簫忽地收話，揚眸望向周旁，像發現了什麼，掐指喃喃。「四巽、九離、二坤……」

「除非什麼？」于進繼續追問。

「等等，就要到了。」鳳簫帶著于進和袁日霏，終於穿過亂七八糟的走廊與房間，來到一處較爲寬敞、像是客廳的地方。

周圍都是大面積的落地窗，中央鋪著木質地板，牆上某個角落掛著八卦鏡，地上放了碗清水。

「又是水？」一看見那碗似曾相識的水，袁日霏背脊隱約透出股寒意，眉心緊蹵。上次看見地上有水時，旁邊還有被剜去雙眼的貓屍。

「又是？」于進愣了愣，猛然拍了下掌心。「對齁！顏欣欣的屋子裡也有碗水，到底在這放碗水要幹麼？」

「這是陰陽水。」鳳簫答。顏欣欣的屋子長什麼模樣他不知道，不過這碗水在這裡的用途，他倒是明白的。

「陰陽水？那啥？」于進丈二金剛摸不著頭腦，這三個字拆開來他都聽得懂，合在一起卻全無概念。

「陰水指的通常是照不到太陽的水，比如井水、地下水。而陽水則是指照得到太陽的、流動的水，比如河水、海水。陰陽水即是各取一半的半陰半陽之水，用來讓小鬼踏陰入陽，能夠憑已死之軀在陽間爲人控靈辦事。」

「要不要這麼邪門啊？」于進不禁打了個哆嗦，已經數不清發出這樣的抱怨多少次，又問：「那這屋子又是怎麼回事？曲曲繞繞的，坪數再大也不可能隔間設計成這樣，有病啊。」

「這些房間和走廊是奇門遁甲中的一種遁術，這裡是死門，爲的就是隱藏這個，尋常人是找不到的，若是沒有我領著你們走來，你們絕對到不了。」

「隱藏什麼？這客廳？別鬧了，這客廳有什麼好藏的啊？別說季光奇了，這裡連個能藏金條的甕都沒有咧！」于進四下張望。當了這麼多年小隊長，這客廳空曠得要命，絕對是他看過最無聊的案件現場前幾名。

于進對鳳簫所言頗有幾分不以爲然，袁日霏雖然沒有回話，但不知爲何卻對鳳簫所說的話深信不疑。

眞是荒謬，她何時如此怪力亂神了？原來她對鳳六竟信任至此？這念頭實在太可怕了。最可怕的是，信賴他的念頭還這麼理所當然，就像什麼天經地義的事一樣。

袁日霏沒能走神太久，鳳簫伸出左手，左掌一翻，掌心飛竄奇異光芒，最初僅是小小的、星星點點的碎光，在他手心集結，刺目耀眼得令人難以直視，而不過零點零幾秒的瞬間，碎光便匯聚成形，變成一柄桃木長劍被他緊緊握在手中。

于進和袁日霏現在總算看清楚鳳簫手裡的桃木劍是怎麼來的了。

鳳簫伸劍一點，匡噹一聲，天花板上八卦鏡應聲而裂；劍尖一彈，地上碗破水濺，窗搖地動。

鳳簫高舉桃木劍，反轉劍尖，兩手握住劍柄，當者披靡——

「鳳六，等等！你別拆房子！不管那個季醫師是死是活，這樣我們都沒辦法跟長官交代啊！」于進看著碎裂的鏡子和破碗，再瞧鳳簫如今架勢，眼看就快崩潰了。

鳳簫全神貫注，全然沒理會于進的瞎嚷，袁日霏雖然也和于進同樣驚訝，但仍沉著地看著鳳簫的一切動作。

繼打開鐵門之後，難道桃木劍還能劈開地板嗎？這太扯了！但若不是想劈開地板，鳳六爲何要做出反轉劍尖的動作？

「嘩——」說時遲那時快，桃木劍破地而入，木質地板片片震裂碎開，當中竟有夾層。鳳簫一連串劈擊挑砍，地板轉瞬間破了個長形大洞。

「完蛋了，那個小季醫師要是還活著，我已經可以想像他會怎麼告我了……」于進瞪著鳳簫搞出的破壞，輕生的想法都有了，萬念俱灰。

袁日霏僅是沉默地望著鳳簫，鳳簫偏眸與她交換了個眼神。一種莫名的念頭與默契驅使袁日霏走到他身畔，隨著他往被劈開之處望去——

一具具人形的乾癟物體呈現大字形被釘在地底，額頭與四肢皆被死死插著鐵釘。

袁日霏不禁往後退了一步，神情驚駭，鳳簫牢牢托住她手臂。

「那是棺材釘。剛剛攻擊妳的小女孩，就是其中一個。」鳳簫指著一根釘子和一具屍體，那釘子上似乎也有符文，等到解決這個現場之後，他得好好看清。

袁日霏不可思議地與鳳簫對望。他爲何這麼鎮定？

她很習慣面對屍體，可並不習慣面對如此弔詭的屍體，鳳六如此鎮定，是因爲他很習慣面對弔詭的事物嗎？

于進見他們面色有異，也跟著衝到這頭來。

「嘔……這什麼鬼？」于進看著地底那些腐爛模糊不可辨的人臉，很希望有人告訴他這不是人。

「屍體……小孩的。從這程度來看，死了至少有幾年了。」袁日霏的聲音聽起來像在勉力維持鎮定。

「你現在知道這些小鬼為什麼不能跑了吧？他們的身體被施了咒法，釘死在這裡，想跑也沒得跑。」鳳簫對于進道，回答他早先的問題。

「好好好，我明白了。你妹的！早知道就別問了！」于進強忍著反胃，伸出手指一個一個數。

「一、二……五……五具屍體？這什麼鬼地方？我要打電話叫兄弟們來了，鑑識組一定會覺得超噁爛超恨我的。袁法醫，你們法醫室這陣子也有得忙了。」

袁日霏苦笑。豈止是法醫室，一次發現這麼多具屍體，刑警隊也有得忙了。

「但是，季光奇呢？」袁日霏驀然發問。

季光奇的住處翻出這麼多具屍體，然而他人呢？

「哈、哈哈哈——」

背後突然傳來一陣尖銳笑聲，鳳簫反手將桃木劍往後一擲，「咻」的一聲，木劍沒入牆面。

「桃木對人類可是一點用處也沒有的喔。」不知何時出現的男人側身避過桃木劍，面帶微笑地望著牆中木劍，朝鳳簫一行三人迎面走來，口吻陰森挑釁。

「季光奇？小季醫師？」于進對著男人不甚確定地喊。

稍早請局內同仁查詢季光奇的資料時，對方曾傳過照片來，就是眼前這名男人的長相沒錯。只是，男人的神情與照片上溫良敦厚的模樣相差極大。

季光奇像是沒聽見于進的叫喚，又像是根本沒看見于進與袁日霏一樣，眸光僅專注好奇地落在鳳簫身上。

「這麼快就找來了？比我想像中快了一點，不過，還是來不及了喲！」季光奇輕快揚笑，話音愉悅。

鳳簫瞇眸蹙眉，伸指一彈，牆上桃木劍消失。

袁日霏打量著季光奇，一貫地沉默未語，總感覺季光奇渾身上下充滿著詭異的不協調。明明是男人的樣貌與聲線，說話口吻卻有種少女似的活潑感，出現在這個才剛翻出一大堆屍體的場合裡，顯得異常弔詭，更令她背脊發寒。

「收劍啊？想用什麼對付我，縛妖索嗎？呵呵，縛妖索陪孩子們玩玩也是挺好的呢。」季光奇輕笑，仿效鳳簫彈指收起桃木劍的動作，跟著彈了下手指。

方才躲在各處探看的小鬼們一擁而上，立於他們周旁，蓄勢待發，伺機而動。

一、二……四……加上稍早被消滅的那個攻擊袁日霏的小女孩，不多不少，恰好與地下的童屍數量相符。

「不是眞以爲這點小把戲就能拿鳳家人怎樣吧？」鳳簫左手捏出縛妖咒訣，以眼角餘光打量四周，確實記住四個小鬼的方位與距離，冷眼望著季光奇——不，不該說是季光奇，是占據季光奇軀體的人——沉聲說道。

控靈？這人不光是驅使小鬼而已，還控制了季光奇的身體，季光奇的軀殼內有道不尋常的氣息在發聲，那不是季光奇本人。

鳳簫之所以知道，是因爲他感受到了季光奇體內那股壓制季光奇的力量——侵占人身、鎖三魂、鎮七魄。

這人確實有點修爲，比他原本估計得更爲高深，也更爲陰損。

「沒要你鳳家人怎樣啊，大家都知道，如今鳳六可是唯一能與當年鳳二並駕齊驅之人，靈能無比強大，哪敢與你們鳳家爲敵呀？不過我向來硬骨，既不是鬼，也不是妖，你們鳳家人又能拿我如何？殺我啊？不行喔，鳳家人怎麼能殺生呢？噢，不只是我，季光奇也不能殺喔，是不是呀？于警官？袁法醫？呵呵。」季光奇越笑越歡快，于進和袁日霏皆被他嗆得額角沁汗。

對方明白他們的來歷，甚至能精準喊出職銜，顯然知根搭底，可是他們對他卻一無所知，背景、性別、年齡，全無頭緒。

「你到底是誰？顏欣欣和趙晴的死和你有什麼關係？」于進沉不住氣，率先發話。

這人說不能殺季光奇，可見他不是季光奇。那他是誰？說話嗲聲嗲氣的，聽了全身不舒坦。

「顏欣欣？顏欣欣可是自己要自殺的喔，至於趙晴嘛……則是被她這位薄倖的男友季光奇害死的，趙晴她爸要跟在她後頭陪葬，就更不關我的事了。呵呵，眞是感人的父女情深呢。」季光奇態度涼薄，還說得非常得意。

「孩子呢？趙晴的孩子呢？」袁日霏皺起眉頭，接著再問。

「孩子？我不過就是借她胎兒一用，本來就是死胎了呀，埋了或燒了多可惜，不如給眞正需要的人用嘛，是不是？」

「少廢話了，我現在就逮捕你，無論你是誰，都得跟我們回警局一趟。」于進手摸槍袋，被對方的目中無人與傲慢言語結結實實氣了一把。

「呵呵，無妨啊，那可要小心，別傷了眞正的季醫師喔。」對方絲毫不以爲意。

「有這個能力，何必做這種有損修爲陰德的事？」鳳簫綜觀全局，衡量情勢，心中已做好盤算。他臉上面色不改，左手掌執縛妖索，以防環伺小鬼乘隙進攻，右手捏掐淨化刀訣，準備將侵占季光奇軀殼的宿主震出季光奇體外，一舉殲滅。

「陰德？」季光奇不屑地哼笑，嘲諷意味十分濃厚。「誰要陰德啊？噢，對，都忘了，你們鳳家最道貌岸然了，很多事都不——嚇！哈哈哈！」

季光奇飛身一個躲閃，慌忙避開鳳簫電光石火間扔來的刀訣。

「呵呵，才在說你們鳳家道貌岸然呢，偷襲倒也挺俐落！」驚險避開鳳簫飛擲而來的灼人藍焰，季光奇心中餘悸猶存，嘴上仍不肯服軟。

「上應天罡，下辟不祥，所求如願，應時靈光。」鳳簫沒理他，接連幾個淨化刀訣打去，狠戾快速，毫不留情，步步相逼，滿屋竄湧刺目藍光。

季光奇越躲越心驚，節節敗退，倉皇之際驅策小鬼衝殺上前，鎖定于進與袁日霏猛攻。

鳳簫早料到季光奇會有此招，扯唇一笑，藤鞭即刻甩出，擲地橫掃，瞬間捲纏一票小鬼，長鞭一收一盪，小鬼們須臾間灰飛煙滅，漫天浮塵。

「出來，別做這種迫害生人的事情。」鳳簫厲目揚聲，分秒必爭。季光奇不過是尋常凡人肉身，哪堪得起寄宿者這般強占折騰？

「想要這身體啊？喏，還你。」眼見大勢已去，季光奇當機立斷，只求全身而退。話音一落，季光奇的身體如同斷線木偶般倒下，一道黑影與無數道彩光從他身上溜出，黑影迅雷不及掩耳地奪窗而出。

卑鄙！

見從季光奇身上游離而出的光點正在飛散，鳳簫心中暗叫不妙，本要追出去的身勢瞬間拉回，一個箭步蹲到季光奇身旁，飛快起手做訣。

「怎了？」于進愣愣發問。整個過程不過幾分鐘光景，于進和袁日霏都反應不及。

鳳簫無暇他顧，並未回答提問。他鎖眉凝神，髮絲飛揚，兩手迅速結印翻轉，匯聚波湧靈光，一一收束空中光點，聚精會神地傾注於季光奇動也不動的身體。

那人當眞十分敗德，發現小鬼無法對他造成影響，爲了牽制他，離去前竟不惜打散季光奇的魂魄，使之飛散破碎。

鳳簫聚魂穩魄，好不容易結攏凝集所有碎離光點，在季光奇額頭及心口重重一拍，欲令魄魂歸位，一片剪成小人形狀的碎紙卻從季光奇身上掉落，窗外黑影早已遁逃無蹤。

「可惡！」見到那白色人形碎紙，鳳簫倏然咒罵，總算明白季光奇的寄宿者一開始說的「已經來不及」是指什麼。

「到底怎麼了？」于進和袁日霏越來越不明白了。

「沒有用了，他早就取走季光奇的半魂，留在這裡的並不完整。」鳳簫語氣有些懊惱，恨恨瞪著人形碎紙的目光像要將紙瞪穿一樣。

「什麼意思？」于進和袁日霏同樣有聽沒有懂。

「意思是，地上這個季光奇沒有靈力，連一點點也沒有，就算趙晴有可能是他殺的，但是這些陣法還有小鬼、童屍，全都與他無關，甚至他的三魂中有半魂已經被取走……」

「半魂被取走會怎樣？他會死嗎？」于進大驚。

「不會，他會活得好好的，只不過醒來之後或許會出現記憶錯置、胡言亂語等可能會被判定爲精神異常，還是腦部退化的情況。」

「別鬧了，精神異常或腦部退化很麻煩，不只偵訊有得磨，也會影響到他的判決……那半魂找得回來嗎？」

「誰在跟你鬧啊，我認眞的。我還不知道那人要半魂的用途究竟是什麼，或許知道他的用途之……等等，她在做什麼？」鳳簫瞇眸沉吟了會兒，忽然發現袁日霏蹲在季光奇身旁，正在對季光奇做一些令人理智線斷裂的事情。

「急救、CPR、心肺復甦術。」于進理所當然地望向袁日霏，再理所當然地回答鳳簫。

是，袁日霏當然是在急救了，不然呢？

袁日霏將兩掌放在季光奇的胸骨之間，實行胸外按壓。有節奏的、沉穩的，搭配口對口人工呼吸，態度從容，姿勢熟練。

對，即使他才幫季光奇聚了魄、歸了魂，季光奇還是暫時呈現休克狀態，尚未恢復正常呼吸，袁日霏自然會去爲季光奇急救。

他當然看得出來袁日霏在急救，她是醫生，救人是她的本能反應，是她的天職，她是應該急救……

他媽的爲什麼她幫季光奇急救看起來這麼刺眼？早知道剛剛就讓季光奇魂飛魄散直接死了啊！

他消耗他的靈力保護袁日霏，然後袁日霏消耗她的呼吸去保護一個莫名其妙的路人？

到底是誰發明心肺復甦術的？他要去滅了他！

「你在生什麼氣？因爲那人跑了？」于進不解地望向面色嚴寒的鳳簫。雖然他也很嘔，但季光奇沒死，人還在這裡，這已經足夠謝天謝地。

「我沒有在生氣！」鳳簫欲蓋彌彰地吼回去，恨恨地瞪著袁日霏，自己都不明白自己在氣什麼。

緊接著，救護車來了，鑑識組到了，今夜過去了，兇手卻跑了。

第十一章

果不其然，就如鳳簫所言，醒來之後的季光奇在偵訊室裡胡言亂語，說話顚三倒四。

「我不是眞的想殺她，但也不希望她活，她每次戒斷症狀出現時都很痛苦，小孩以後也會跟她一樣痛苦……只要一針，她跟小孩就能眞正解脫……」

「所以，你承認趙晴是你殺的？你利用她毒癮發作、神智不清的時候，爲她注射混合了Propofol異丙酚的海洛因，藉以製造她吸毒過量致死的假象？」

「是她逼我的！她得知我要結婚，就開始大吵大鬧，不然就是整天哭不停……她不過是個毒癮患者，還眞以爲我會娶她？」

「那趙晴肚子裡的孩子呢？你藏到哪裡去了？」

「我可是個執業中的醫生，就算她毒癮控制得再好，未來的新生兒也很容易有戒斷症狀，她和小孩都有缺陷，哪裡配得上我？呵、呵呵……我沒有要殺她……我只是想讓她舒服一點……」

「季光奇，我是問你，趙晴的孩子呢？那孩子是你的嗎？你是小孩的爸爸？」

「不能生下來，那不是正常的小孩……不被父母親祝福的小孩，都得死，應該要

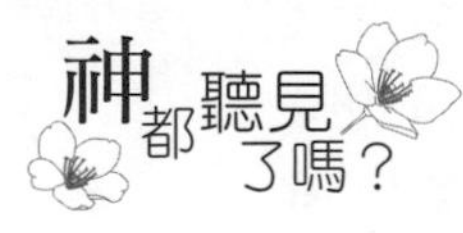

死……我就要結婚了，我還有大好的將來，還會有很多和我一樣優秀的孩子……哈、哈哈哈！」

「季光奇，好好回答問題，別以爲裝瘋賣傻就可以逃避刑責。你屋子裡那些小孩屍體又是怎麼回事？」

「小孩？我、沒有……不是我……沒有小孩了！再也不會痛苦了……不痛了喔，乖！爸爸愛你……」

「季光奇！回答我的問題！」

「我是醫生，我很優秀，我要結婚了！呵呵……死！統統都去死！我不想要她死的，嗚、嗚嗚——」

最後，季光奇嚎啕大哭，負責訊問的警員攤了攤手，無可奈何地從偵訊室裡走出來，和在偵訊室外頭的于進與袁日霏交換了個眼神。

這已經是第三位進去問話的刑警了，每次到了最後，總是這樣莫名其妙收場。

于進和袁日霏的太陽穴很痛，不過，更令他們頭痛的人正往這裡走來。

「局長。」見到來人，于進立刻恭敬了起來，也滿頭大汗了起來。

季光奇家搜出的童屍太駭人，就連袁正輔都被驚動，主動來關切，這一點也不意外。

「我要你們去查殺害趙晴的兇手，結果查到了一堆小孩的屍體？現在情況如何，嫌疑人認罪了嗎？」袁正輔話音渾厚、眼神銳利，雖然年紀已經大了，整個人看來仍是英姿煥發、氣勢十足。

「報告局長，趙晴臉上的淚斑已經和季光奇病理切片的DNA進行過比對，確認是季光奇的眼淚沒錯，而季光奇的住處除了那幾具童屍，也發現了沾有他指紋和趙晴血跡的解剖刀，恐怕是難以脫罪。但是以他目前的狀況，可能還需要做司法精神鑑定……」于進接話。

「那幾具童屍的身分查出來了嗎？」袁正輔又問。

「還沒。」于進搖頭，袁正輔轉而望向袁日霏。

「法醫室已經在加緊腳步調查了，目前僅能確定各具童屍的性別，年齡從四歲到十歲不等。」

「好。」袁正輔頷首。法醫室人手不足早已是人盡皆知的問題，如今一下出現這麼多具屍體，想必是人仰馬翻，因此他並未苛責。

「說說看，你們是怎麼找到那些屍體的？我聽鑑識組說，那些童屍是從地下翻出來的，你們怎麼知道下面有屍體？」

于進望了望袁日霏才開口，顯得有點心虛，已經做好挨罵的準備。

「那個、局長……因爲這兩件案子有點……呃，宗教色彩？也不是宗教色彩，總之就是，那啥，有點邪門，所以就請了鳳六來協助……我還沒向局裡報備。」

「鳳六？鳳家？」袁正輔眉毛一挑，神色出現一抹遲疑與異樣。

「是，就是那個鳳家。」沒有遭到預期中的責罵，于進有些意外，又有些忐忑。原本他內心百轉千迴，盤算過種種袁正輔可能會有的反應，比如指責他先斬後奏，抑或是罵他怪力亂神之類，未料這些全都沒有發生。

「繼續說。合乎常理的、不合常理的，都說。」袁正輔點頭，示意于進說下去。

于進十分吃驚，抿了抿唇。袁正輔這麼說，似乎是早料到會有什麼異常的狀況，於是索性鼓起勇氣，將那天到醫院去找季光奇，再到季光奇家的過程和盤托出，包含風水陣、小鬼、半魂，全都說了，然後戰戰兢兢地等著袁正輔的反應。

「我要見那位鳳六。」聽完這些常人難以理解的事情，袁正輔只是沉默了會兒，而後口吻嚴肅地要求。

「嗄？」于進和袁日霏同時一怔。

「你既然能請鳳六協助，安排個時間讓我們碰面應該不難吧？關於這件案子，我有些事想和他談談。」

「局長，這話是什麼意思？你對這個案子有什麼眉目嗎？找鳳六又要做什麼？」于進不解。

「到時再告訴你們，你去聯絡鳳六。袁法醫，那天妳也一起來。這件事越少人知道越好，你們都別聲張。」

「好。」雖然不明白為什麼，袁日霏和于進仍本能應下。

「那好，你們都去忙。」袁正輔擺手。

「是，謝謝局長。」于進和袁日霏各自離開。

「日霏。」袁正輔忽地將袁日霏喚住。

「嗯？」袁日霏停下腳步，疑惑回身。袁正輔在局內幾乎不會直接喊她名字，她頓時有些錯愕。

「有空多回家走走，妳媽媽她──」

「我知道，養母的忌日快到了，我會回去。」袁日霏的表情瞬間黯淡下來，因為不想繼續再聽，於是出聲打斷。

「養母？」袁正輔聞言苦笑。「還是叫養母啊？日霏，雅淑會過世不是妳的錯，妳不必到現在還堅持不喊她媽媽，她人都已經走了……我也是，妳若肯喊我一聲爸爸，我會很開心。」

袁日霏抿著唇不說話，只是望著袁正輔更堅定地搖頭。

袁正輔再度苦笑，知道袁日霏向來固執，他嘆了口氣，決定不再與她僵持，搖頭離開。

望著袁正輔離去的背影，袁日霏總覺得他蒼老了許多，很想衝上前去說些什麼，可念及養母的離世，又硬生生嚥下了許多什麼，躊躇半晌，最終一步也沒能踏出，一個字也沒能開口，有些惆悵地旋身走回法醫辦公室。

一踏進辦公室，鑑識員妹妹馬上迎上前來，可見已經等了好一會兒。

「袁法醫，那兩張紅紙上的筆跡，鑑定結果顯示出自同一人。」本來這鑑識結果應該先知會于進的，但由於袁日霏提前交代過，所以鑑識員便先來通知她了。

「謝謝。我看看。」袁日霏接過鑑識員遞來的兩張紅紙與報告，擰眉打量了片刻，神情凝重，接著沉靜地從皮包內拿出一張妥善裝在透明袋內的紅紙。

「這張也一起鑑定看看，看看和這兩張是否一樣。」袁日霏將手中物事遞給鑑識員。

「好。」鑑識員妹妹快手快腳地接過袁日霏遞來的紅紙，低頭瞥了眼紙上內容，神情一變，本來輕快的腳步停滯。「袁法醫，這……」

「沒事，去吧。」袁日霏面色平靜，擺手讓對方離開辦公室。

那是她被遺棄在育幼院門口時，身上所攜帶的紅紙，多年來一直被她形影不離地隨身帶著。

紅紙正面寫著——

命無正曜，夭折孤貧；二姓方可延生，離祖方能成家。

幼年多病多難，雙親緣薄，刑剋雙親。

背面則寫著——

日霏——民國七十九年、歲次庚午、農曆五月五日、寅時

最初，袁日霏看到顏欣欣的紅紙時，並未與她自己這張紅紙聯想在一起。更何況，她始終對於這張害得她與親生父母分離的紅紙心存怨懟，不願細瞧揣測，所以才會連上面寫著的寅時究竟是幾點都不知道，勘驗顏欣欣的住所時，于進問寅時是何時，她也答不出來。

既然這麼討厭這張紅紙，爲何不扔掉算了？

她確實想過幾次，但由於這張紅紙是親生父母留下的唯一線索，因此她還是沒能如此灑脫，尚存著有朝一日或許能藉著它與親生父母親相認的盼望，所以仍是將紅紙好好地收妥。

後來，在季光奇的辦公室翻出寫著趙晴姓名的紅紙時，即便袁日霏與她皮包內的那張紅紙再不熟，也深深感受到強烈的不對勁與熟悉感了。

拿出紅紙仔細查看，果然如她所料，三張紅紙有著難以忽視的共同點：五日、寅時。

第一張紅紙是顏欣欣，一月五日、寅時，是顏欣欣自殺墜樓的時間。

第二張紅紙是趙晴，二月五日、寅時，是趙晴被剖屍取胎的時間。

那麼，她的五月五日、寅時呢？

她一直以為只是她的出生日期與時辰，可是……會不會，這也是她的死亡預告？

假如所有事件是一幅拼圖，那她也是其中一片嗎？又或者，其實她才是這幅拼圖之中的第一片？

若三張紅紙的字跡鑑定結果為同一人，那麼她該告訴于進和養父嗎？還是她應該先詢問鳳六的意見？鳳六看見她的紅紙又會怎麼說呢？

他總嚷著要她的生辰八字，眞不想讓他如願，可是他又意外地可靠……

袁日霏下意識伸手摸了摸右耳，沒有察覺到自己最近時常做這個動作。

鳳六曾經囑咐她不要離他太遠，究竟離他多遠才算遠？多近的距離又算近？需要再靠近他一些嗎？養父想見他……

袁日霏摸著右耳出神，越想思緒越雜亂，眼看下班時間就快到了，她卻越來越拿不定主意。連日來的疲憊感湧上，她趴在辦公桌，神識逐漸渙散，竟就這麼緩緩闔眼，沉沉睡去。

「袁法醫、袁法醫。」辦公室大門被輕扣了兩下，聽裡頭沒有回應，對方試探地推門而入。

「季光奇的案——」黃立仁依舊西裝筆挺，手上還拿著卷宗，卻在看見趴在桌上的袁日霏時一愣。

睡著了？就這樣睡著了？

她最近是很累沒錯，但黃立仁從來沒見過袁日霏顯露出疲態，一時間竟覺得她如此放鬆的模樣很難得一見，十分可愛。

他看著趴在桌上的袁日霏，輕笑出聲，放緩了腳步走近，探了探她頭上的空調出風口，將身上的外套脫下來，唯恐吵醒她，小心翼翼地披在她身上。

袁日霏長得漂亮，他是知道的，可她似乎從來沒有意識到她自己很漂亮。長長的眼睫，眼皮上小小的紅痣，毫無瑕疵的肌膚，清透空靈的氣質，以及有點淡漠的距離感……

咦？她的耳垂上有枚櫻瓣似的粉色胎記，從前有這枚胎記嗎？

黃立仁情不自禁伸出手，試圖碰她右耳，一道藍紫色光芒卻倏然閃現，震痛他手指，迫得他縮手而回。

痛！怎麼回事？

黃立仁眉心緊蹙，盯著熟睡的袁日霏，有點懷疑剛剛那道幽光是他的錯覺，錯愕地動了動既麻且痛的手指。

他舉起手，本想再試一次，最後猶豫地落下，竟是不敢再碰。

「黃檢，你也在這裡啊。你身體不舒服？怎麼臉色好像不太好？」于進恰好在此時走過來，見法醫室門沒掩，就直接進來了。

「沒有，本來只是想找日霏歸檔，不是什麼重要的事。今天時間晚了，我明天再來，大家都早點下班吧。」黃立仁搖頭，有些倉促地離開。

「好，黃檢慢走。」于進頷首，沒察覺什麼不對勁，還以為黃立仁趕著下班，目送他走。

趴在桌上的袁日霏被隱隱約約的談話聲驚擾，身軀微動，掀了掀眼睫，醒了。她隨手抹了把臉，看清眼前來人，意識到肩頭上有東西滑落，低頭一看，認出是黃立仁的外套，於是探頭往于進背後張望。

「于隊？我好像還聽到黃檢的聲音？黃檢人呢？」

「走了，他說沒什麼重要的事，明天再來，叫我們早點下班。」

「嗯。」袁日霏應聲，又問：「那于隊呢？來找我有什麼事？季光奇的案子有新進展了嗎？」既然黃立仁說沒有重要的事，所以離開了，那麼留下來的于進想必有重要的事吧？袁日霏是這麼想的。

「沒，跟季光奇沒有關係，不過，當然是有重要的事才來找妳啊。」于進白牙一閃，笑得有些諂媚，快手快腳地將一張寫著住址與電話的便條紙遞到袁日霏面前。

「這是做什麼？」袁日霏看著紙上那十分眼熟的住址與電話，再望向于進笑得萬分討好的臉，心中油然升起不祥的預感。

「鳳六的電話和住址。」于進笑得非常和善。

「我知道，當初我和你要過，你也給我了呀。」袁日霏一臉莫名其妙。

她第一次去鳳家找鳳六興師問罪時，不就是問了于進才拿到地址的嗎？

「啊哈哈，我怕妳貴人多忘事嘛。」于進打哈哈，笑得令袁日霏一陣惡寒。

「你到底要說什麼？」不祥的預感越發強烈，袁日霏整個人都警戒起來。

「就是那個，袁局不是想見鳳六嗎？我想，還是由袁法醫妳來安排比較好，畢竟妳和鳳六比較熟嘛。」

「誰跟鳳六比較熟了？什麼時候的事，我怎麼不知道？」袁日霏立刻反駁。

「妳不是暗戀他嗎？」于進笑得很曖昧很討厭很唯恐天下不亂。

「我沒有暗戀他！」慘了，現在居然連面對于進都得使用驚嘆號了，袁日霏非常崩潰。

「哎喲，不用在意這種小事啦。總之，安排鳳六和袁局會面這件事就交給妳了。」于進手忙腳亂地找了個紙鎮，將寫著鳳簫電話與住址的便條紙牢牢壓在袁日霏的桌面上。

「不用在意什麼小事？為什麼？」于進在胡說八道什麼？袁日霏忍不住抗議。

「就這樣嘍！我先下班了嘿，拜。」

「喂！于隊？于隊！」無論袁日霏再怎麼喊都沒用，于進早就一溜煙跑了。

望著空蕩蕩的法醫室門口，袁日霏嘆了口氣，再看向桌上的便條紙，感到非常無奈。于進的無賴程度與鳳六眞是不相上下，難怪兩人是故友。

好吧，算了，不過就是聯絡鳳六，約個與長官的飯局罷了。

袁日霏認命，正要拿起桌上電話撥打，沒想到電話倒是先響了。

「刑警局法醫室袁日霏。」袁日霏接起電話。

「幫我辦兩件事。」電話那端的人劈頭就是命令，讓人措手不及。

這頤指氣使、紆尊降貴的口吻……

「鳳六？」袁日霏有些不敢置信。這麼巧？

「是我。」因爲袁日霏立刻認出他的聲音，鳳簫顯然有些愉悅。

「幫你辦什麼事？」袁日霏納悶地拿著話筒。

「就是……」那端的鳳簫開始交代。

「……那需要一點時間，而且在刑警局談不方便。」袁日霏聽著聽著，擰起眉頭，有些心虛地環顧四周，唯恐有人此時闖入聽見。

「不如這樣，我們約在外頭碰面談，我也恰好有事找你。」袁日霏壓低了音量。

「約在外頭？妳想跟我約會就直說。」鳳簫語帶笑意，加上一貫張揚的口吻，令袁日霏只想出拳打他。

「地點給你決定，等我弄到你要的東西之後再聯絡你。」說完，袁日霏無情地掛上電話。

可惡的于進，可惡的鳳六，可惡的兩個聽不懂人話的笨蛋！

神經病才要暗戀孔雀！

✦

孔雀和神經病……不，鳳簫和袁日霏約在一家鳳簫指定的中式茶館。

茶館古意盎然，位置偏僻，隱密性極高，很有鳳家的味道，袁日霏才走進茶館庭園，便知道鳳簫爲何選擇這裡。

她進入包廂時，鳳簫已經等在那裡了。

鳳簫側對著她，穿著一襲靛青色的合身棉麻唐裝，鮮豔的色彩非常適合他，漢服更將他神祕的氣質烘托得更爲溫潤出色、光彩逼人。他溫壺泡茶的舉止十分優雅，光是靜靜坐在那裡便自成風景，一時間竟令袁日霏看得怔忡出神。

不過，這當然是指孔雀不展屏的時候。

「怎？妳特地找我出來約會，是想跟我說什麼？」察覺袁日霏的到來，鳳簫側目瞧去。

「……」約什麼會？到底要強調幾次？

他一開口，袁日霏就覺得方才那什麼風景都是騙人的，什麼神祕什麼溫潤的形容詞也都與他毫無關係，更別提什麼約會什麼暗戀這種亂七八糟的事了。

「刑警局長想和你碰面。」袁日霏坐到鳳簫面前，劈頭切入重點。

「噢？」鳳簫懶懶地抬眸，爲袁日霏斟了杯茶，看來一點也不在意。

「他聽說了季光奇的案子之後，指名要見你。」袁日霏補充。

看吧，想和鳳六約會的根本就不是她！不對，根本沒有誰找誰約會這件事，不要被鳳六牽著鼻子走！袁日霏將腦中亂七八糟的想法揮掉。

「噢。」鳳簫依舊回應得不鹹不淡。

袁日霏對他如此淡漠的反應一點也不意外，畢竟她也曾在他那裡踢過鐵板，早就想好對策。

「你答應見局長，我才要把你要的東西給你。」正好碰上鳳六有求於她，眞是謝天謝地。

「原來是交換條件？」鳳簫很有興味地揚眉。

「隨你怎麼說。」袁日霏聳肩。

「妳開始懂得取巧了，眞是可喜可賀。一板一眼的袁法醫呢？」鳳簫看起來有點幸災樂禍，又有些欣慰。

一板一眼的袁法醫呢？袁日霏比鳳簫更想知道在哪裡。

鳳六曾說過瞧不起她明明有手段卻不用，但看看她認識鳳六之後都做了些什麼？先是威脅于進交出鳳六的地址，再來是帶鳳六夜闖案件現場，如今更是正在與他討價還價，使用手段……

「別說這些了，你何時有空和局長吃飯？」袁日霏將這些小細節拋諸九霄雲外，只問重點。

「有求於人，隨妳安排。」鳳簫雙手一擺，神態雖仍是一貫的倨傲，配合度倒是很高。

「這樣妳滿意了？我要的東西帶來了嗎？」鳳簫唇邊始終帶著幾分難解的笑意。

自從她上次說過他想要人保護，並且能理解他的想法、與他有著某種相似的共鳴之後，他對她的感覺就有點微妙，很難具體描述。

他一方面覺得她分明是在胡說八道，可另一方面又覺得，他若真不在意，何必因爲她的言詞感到窘迫，心生動搖？就好像眞有這麼一回事似的。

既覺得她荒謬，又覺得她說得挺有道理；明明覺得她蠢，又好像有點聰明，矛盾得不得了。

越思考越在意，沒辦法忽視，好像就連她在心裡的分量也漸漸變重了，越瞧她越順眼，也越不順眼，總之心裡扎扎的，像有根刺一樣，很想再惹惹她。

他是衝著他想要的東西和袁日霏來的，才不在乎什麼刑警局局長。

袁日霏瞥了他一眼，又不禁開始糾結。她慢吞吞地將包包裡的東西拿出來，實在不是挺情願，卻也不是不情願，內心感受難以言喻。

「因爲是局內物證，不方便帶出來，所以我只能拍照。所有照片都在這裡了。」袁日霏將手中物品推到鳳簫面前，補充得有點爲難。

鳳簫交代她帶來的東西有兩樣，一樣是寫著趙晴與顏欣欣名字的那兩張紅紙、顏欣欣家中的現場照片，另一樣則是季光奇屋內那些童屍上的棺材釘。

這就是她糾結的原因，她理智上知道將這些證物帶給鳳六看並不符合偵查程序，但情感上又依稀明白，僅有鳳六能看出這些詭異的東西之間有什麼關聯，案情說不定可以因此得以推進。

眞是的，就當作一板一眼的袁法醫死了吧！

「我看看。」鳳簫將爲數不少的照片接過來，一張張專注地檢視，袁日霏跟著他一同瀏覽相片。

看到棺材釘的那幾張照片時，袁日霏起身，湊到鳳簫身旁，將幾張文件放到他眼前，擦肩聞到他所散發的草木氣息，覺得似乎越來越習慣他的味道了。怎麼他聞起來總是這麼大自然呢？

「你說的沒錯，釘著童屍的那些棺材釘上眞的有某種圖紋，不過時日久遠，很難辨識，我請鑑識組使用了還原技術，盡量恢復成最原始的模樣，但還是沒有非常清楚。」袁日霏將心思拉回來。

「好。」鳳簫頷首。

「還有，那幾具童屍有被燒灼過的痕跡。」袁日霏又道。

「燒？」鳳簫揚眉。

「嗯，燒，是死後才燒的。有什麼咒術或陣法，還是有什麼宗教用途會需要燒屍體嗎？」袁日霏真不敢相信她有朝一日會吐出如此不科學的詞彙。

「燒灼的部位在哪裡？全部？」

「不是，都是脂肪比較多的地方，比如——」袁日霏從包包裡撈出筆，隨手拿了張餐巾紙，坐到鳳簫身旁的座位，肩膀挨著他，簡單畫出幾個部位，一一將那些地方指出來。

鳳簫垂眸睞向她專注的側顏，看來十分柔軟的臉頰，耳朵上有著他留下的淺淺櫻瓣……他唇角一勾，揚起若有似無的淺笑，才將注意力落回她畫的圖與照片上。

「他要提取屍油。」鳳簫看了看那幾個位置，做出結論。

「屍油？要那東西做什麼？」袁日霏一愣。難怪都是脂肪較多的部位……

「煉化小鬼需要，還有一些咒術法陣也會用到。記得嗎？在季光奇家裡時，那人曾說趙晴的胎兒反正已是死胎，不如給需要的人用。」

「當然記得。」袁日霏點頭，又問：「所有的咒術法陣都需要這種東西？」她不免感到噁心。

「不，像鳳家就是不用的。」鳳家人奉行天道，對於養小鬼養屍這類陰損背德的事敬謝不敏，也看不起。

謝天謝地，至少鳳家正派多了。袁日霏略感慶幸，鳳六怎麼說都和她有互助關係，她並不希望他也是會藉由屍體提取屍油的人士。

「話說回來，你爲什麼要看這些照片？」

「弄清楚對方的來路。我不是說過嗎？我懷疑這些事情與鳳家有關係。」

他是說過，而且不只一次了。

「看出什麼眉目來了嗎？」

「顏欣欣的現場有點意思，我還得想一想，至於棺材釘上的圖樣，就是一般用以煉化小鬼的咒文術式，與鳳家並無關聯。」鳳簫指了指袁日霏帶來的那些模擬還原的圖片。

「嗯。」袁日霏頷首，隱約鬆了口氣。不知不覺之間，她與鳳簫已經生出共患難之誼。

「不過，季光奇抽屜內這張寫著趙晴姓名的紅紙，背後的符文看起來與鳳家符籙倒是有些相似。」鳳簫拿起那張翻拍的照片，指出來給袁日霏看。

「怎麼會？」袁日霏才剛放鬆的心情立刻又提起，神情訝異。「相似？光是看這些符咒，就能看出與鳳家之間的關係嗎？」

「當然可以，不同流派有各自慣用的符籙咒文，畫符的方法也各有精妙之處，就像每個人的字跡、筆順有所不同，也像你們醫生可能會有各自習慣使用的解剖刀及下刀手法一樣。」

「這倒是。」袁日霏沉吟，驀然想起她自幼帶著的那張紅紙，不知是否與季光奇的紅紙，抑或是與鳳家符文有所關聯。她一時間不知該不該向鳳六提起，轉念又想，鑑定結果尚未出來，還是暫且不要提及。

「鳳六。」袁日霏沉默了會兒，喚。

「嗯？」鳳簫抬眸，定定地注視著她，眸中閃動異樣波光。

奇怪，她是第一次喊他鳳六嗎？他為何感到有點奇異，又有點高興？

「你一直都是單獨面對這些事情嗎？我是指，其他鳳家人沒辦法幫上你的忙嗎？」從沒聽過他有什麼幫手，或是見他帶過任何助手，袁日霏不免有此疑問。

「我是當家，哪有需要他們幫忙的道理？」鳳簫回應得很理所當然。

「是不需要他們幫忙，還是不願意他們幫忙？」

鳳簫被問得一愣，他從沒思考過這個問題，俊眉一挑，冷聲道：「妳哪來這麼多問題？」

是啊，她哪來這麼多問題？

她只是有種莫名的直覺，覺得他或許如同她一般，不希望爲他們珍視的人增添困擾，所以才單打獨鬥，踽踽獨行。

可能是因爲他們之間有太多相似之處，才會讓她有這種直覺，而如今他們同時被捲入奇怪案件的洪流裡，她也想爲他盡點棉薄之力。

「那，我能幫上你的忙嗎？」袁日霏脫口道，鳳簫眸色一暗，被她問得渾身不對勁。

她這麼一問，問出他全身刺，本能地就想開口譏諷，卻也被她問出全身疙瘩，好像有點喜歡被她這麼問，又有點說不出的討厭。

他喜歡她問話時的神情，喜歡她看他時，那隱含擔憂的眼神。

鳳簫突然意識到，袁日霏之前說的可能是對的。

他確實喜歡被別人保護，喜歡別人擋在他身前，喜歡有人想幫他的忙，即便是再微小的事情，即使是自不量力也好。

他自幼身懷異能，強大得令人望塵莫及，即便是親近無比的家人，也認定他能獨力解決所有困難，更別提對他嚴厲至極的舅舅兼師父了。

所有人總是站在他身後，仰望他、依賴他、期待他有所作爲，何時有像袁日霏這種認爲他脆弱，想幫他忙，甚至想擋到他身前的笨蛋傢伙出現過？

他既看得懂她，又猜不透她。

明明她的想法那麼容易明白，卻時常吐露驚人之語，精準無比地掐在他心口上。甚至，他也搞不清楚她爲何能走進結界，搞不清楚她的命格與骨相，搞不清楚她……

他一直望著她，越望越覺得她右眼皮那顆小小的紅痣隨著她的眼睫眨動，眨得令他心慌莫名，很想伸手碰碰那點迷人豔紅，很想摸摸她的臉頰……

不對！他在想什麼？爲什麼會突然冒出這種恐怖的念頭？爲什麼他的手自動抬起來，還舉在半空中？

妖痣眞不愧是妖痣，不要被她迷惑！

他幹麼想摸她？不如搧她一巴掌好了！不對，他怎麼搧得下去？那搧自己？別鬧了，誰要搧自己一巴掌啊？

可惡！于進爲何不在這裡？

鳳簫動了動停在半空中的那隻手，默默演了齣袁日霏完全看不懂也想不到的內心戲，而于進在遠方打了個噴嚏。

「鳳六，你在做什麼？」袁日霏不明所以地望著他舉起又放下的手。「你還沒說呢，我能幫你什麼忙？」他的模樣實在太詭異，袁日霏只好又問了一遍。

「妳正在幫我的忙。」鳳簫清了清喉嚨，終於不情不願地回。

「好。那我來安排和刑警局長的會面時間。」互相幫忙的感覺令袁日霏心情愉快，達成于進交託的任務也是。她神采飛揚，就在鳳簫面前撥通了電話給袁正輔，俐落迅速地敲定好日期時間。

「妳找我出來就是爲了這個？眞把我當工具人了？」鳳簫瞪著她愉悅的表情，越看越不高興，不喜歡被她當空氣，不喜歡被她往後擺。

他居然沒比那什麼刑警局長更重要？搞什麼鬼！

「什麼工具人？還不是爲了拿你要的東西給你。」袁日霏指著他面前那些照片與文件，被他的不悅弄得莫名其妙。

「公平交易就是了？」鳳簫越深思越不爽快，實在不願意與她之間的交集僅止於此，於是伸手掐住她的右耳耳垂，用力朝他留下的櫻瓣狠狠一捏。

「做什麼你？」袁日霏當然不明白鳳簫在糾結不滿什麼，一把將他的手揮開。

「沒做什麼。」鳳簫不放，伸出另一手來抓她格擋的手。

「你很無聊。」袁日霏與他一來一往了幾次，都沒能順利擺脫，最後索性不擋了，惡狠狠地瞪他，卻瞪出鳳簫一連串愉快的笑聲。

他是很無聊。

他想，他的心裡可能也有著某種結界，而她正在一步一步踏進來。

第十二章

袁日霏為袁正輔和鳳簫安排的會面日子很快就到了，為了方便談話與兼顧隱私，袁日霏選了一間有包廂的茶樓，這間茶樓的臺菜非常有名。

這幾天，趙炳南與趙晴的遺體被發還，季光奇正式進入漫長的精神鑑定與起訴程序，而那些童屍的身分仍在積極調查中，刑警局、法醫室與鑑識組皆是人仰馬翻。

今天，袁日霏拿到了第三張紅紙的筆跡鑑識結果，確實與顏欣欣、趙晴紅紙上的字跡是同一人。

袁日霏最早到達茶樓包廂，她反覆將皮包內的紅紙取出、放回，怎麼樣都拿不定主意，實在不知道要不要趁今晚吃飯時，順便問問鳳六這件事。

躊躇了好半晌，包廂門被推開，袁日霏有些慌亂地將手中紅紙塞入皮包深處，于進的聲音從門口傳來。

「喲，小鳳鳳今天穿西裝？是局長面子大，還是你爸公司今天又有什麼活動逼你出席了？」于進的聲音聽來十分幸災樂禍。

「穿來讓你看看什麼叫衣架子。」鳳簫跟在于進後頭走入包廂，完全沒理會于進的問題，張口又是胡說八道。被父親抓去出席商業活動多煩人啊，他才不想談。

袁日霏揚眸睞向鳳簫，合身窄版西裝確實將他襯托得身形更加筆挺修長，相較於平時的唐裝打扮多了幾分英挺銳利，而他臉上的神情依舊從容愜意。

念及皮包內那張紅紙，袁日霏看見鳳簫時，頓時有點心虛及不自在，連忙撇開目光；鳳簫捕捉到她眼中一閃即逝的驚慌，若有似無地皺了皺眉。

「衣架子你妹啊，是多帥氣了？」于進大翻白眼，隨意揀了個位子坐下。

「你達不到的那種高度。」鳳簫很自然地坐到袁日霏身旁，爲了弄清她爲何看見他會心慌，也爲了袁日霏絕對比于進安靜。

「無恥的高度？」于進哼哼，轉頭開始拉攏戰友。「袁法醫，妳來評評理，妳看，這人眞是有夠不要臉的，不過難得穿個西裝而已，驕傲什麼啊？到底哪裡帥氣了？」

「嗯，很帥氣。」袁日霏專注看著菜單，連抬眼望他們兩人一眼都沒有，口吻平淡得像在請服務生添茶水，無視得徹底。

句點王！鳳簫和于進又同時無言了。

袁日霏就是那種哄小孩的口吻，而且是很沒誠意的哄，面無表情地告訴吵鬧的小孩「好，你最乖，快去刷牙睡覺了」那種口氣。

「咳。」于進拉攏戰友不成反被句點，只好清了下喉嚨，緩解尷尬。「袁局說他會晚點到，要我們先吃，不用客氣。講是這樣講，但跟長官吃飯，誰敢先……」

「松鼠黃魚、花雕皇帝雞、紅燒桂竹筍。」鳳簫這頭已經喊來服務生開始點菜了，顯然不把什麼局長當一回事，徹底打了于進的臉。

袁日霏抬眉，奇異地瞅了鳳簫一眼。

「怎？」鳳簫注意到她的目光。

「你不需要吃素？」

「不需要。」鳳簫搖頭。這個問題他大概回答過一百遍，早已發展出一套倒背如流的標準答案。「鳳家就是一般人而已，不是僧侶比丘，葷素不忌，結婚生子也很正常。」

「噢。」袁日霏點頭，未再多問，僅是多點了一道菜，又叫了壺新茶。

安安靜靜的，眞好，不像某人就是話多。鳳簫瞥了袁日霏一眼，又鄙視了于進一眼。

「是說，袁局不知道在忙什麼，明明跟我說今天整天都有空，卻又臨時說要晚點來，不知究竟在幹麼。不過啊，袁局就是這樣，老是神神祕祕的。」話多的某人翻著菜單，跟服務生多喊了幾道菜，等服務生離開包廂，果然開始囉嗦了。

袁日霏執起茶壺，在于進的杯子裡注入茶水，這動作令鳳簫啞然失笑。因爲知道于進話多，所以要幫他添茶嗎？

于進接過茶杯，灌了口茶，還眞的滔滔不絕起來。

「雖然不知道袁局今天找你來幹麼，不過，聽說他年輕時有陣子很背，幾次都因爲得罪了上面被降職記過，可後來不知爲何連連立功，從此順風順水、一路高升。大概是因爲平步青雲得太不可思議吧，局裡有些關於袁局很迷信的傳聞，也有人說過他背後有個仙姑還是什麼宮廟在撐腰。」

「宮廟？仙姑？有聽說過是什麼宮廟嗎？」鳳簫正色。

袁日霏神情一凜，十分訝異。她進刑警局的時間晚，既是個新人，性情又寡淡，別人要談論八卦自然不會找她，而她也從來沒聽袁正輔說過這些事。于進提的這些，她是第一次聽說。

「沒有。」于進搖頭。「還不知道是真是假呢，就是傳聞罷了，誰知道可信度有多少？不過，就像我電話裡跟你提的，袁局聽了我們那天去季光奇家碰見的那些詭異事情，並沒有太驚訝，只說要見你。說不定袁局還真認識什麼仙姑，對這些事有點眉目也說不定，不然他突然找你幹麼？」

「等他來就知道了。」鳳簫忖了忖。

于進又自顧自繼續說下去。

「說起來，袁局這樣也不知道是好還是不好，雖然事業順利，看起來很風光，但局長夫人過世之後，他一直沒再娶，夫妻倆好像也沒生小孩……」于進大口灌完茶，袁日霏又主動幫他添了杯。

鳳簫盯著他高談闊論的模樣輕笑出聲，與袁日霏相望一眼，兩人眼底都有笑意。

「聽說袁局好像有個養女，可是誰也沒見過那養女，好像是養女經濟獨立後就搬出去了，沒和袁局住一起，也很少回去看他。嘖嘖，可憐袁局妻子早逝，膝下無子，好不容易收養了個女兒，偏偏又不孝順……」于進說著說著，悲天憫人了起來。

「我就是。」袁日霏抿了口茶，驀然接話。

「什麼？」于進和鳳簫同時一愣。

「我就是那個不孝順的養女。」袁日霏望著于進，說得很平靜。

于進石化。

「噗哈哈哈哈——」鳳簫簡直笑到快斷氣了，轉頭對于進一陣調侃。「就叫你沒事不要八卦人家，嘖嘖，男人只剩一張嘴真的很糟糕。」

「嘴你妹啊！」于進爆氣，轉向袁日霏，試圖力挽狂瀾，汗涔涔淚潸潸。「欸，不是，袁法醫，那個……我是說……」

「于隊，別緊張。你沒有說錯，我被收養的第二年，養母就過世了，接著我申請了學校宿舍，畢業後也一直住在外面，和養父並沒有太多互動，會得到這種評價也是無可厚非。」袁日霏回應得不慍不火，極其平淡。

「爲什麼？」聽袁日霏這麼平靜，于進忍不住提問。

「沒有爲什麼。」袁日霏聳聳肩，顯然不願再談。

「多吃飯少說話。」此時服務生正好上了第一道菜，鳳簫推了碗白飯到于進面前。

呿！想堵他的嘴？這麼明顯誰看不出來？于進哼哼。

「眞的先吃？不等袁局？」于進向袁日霏確認。

「嗯，先吃吧，養父都那麼說了，我幫他留菜就好。」袁日霏點頭。事實上，于進還沒問，她就已經開始爲袁正輔張布飯菜了。

菜色陸續端上，三人開始用餐，席間鳳簫問：「季光奇後來呢？」

「跟你說的一樣，胡言亂語的，狀況不是很穩定，精神鑑定還需要一段時間，等正式判決下來應該很漫長。你那邊呢？對那個取走季光奇半魂的人有眉目嗎？」于進滿嘴食物，稀里呼嚕地回。

袁日霏依舊安安靜靜地吃飯，專注傾聽他們談話。

「在查了，從幾個我覺得比較有問題的宮廟下手，不過一樣，也需要點時間。」鳳家有自己的人脈與情報網，鳳簫早已交代下去，還有那個很像鳳家符文的東西也已經命人調查。

鳳簫與袁日霏心照不宣地對視一眼，正在思忖時，于進的手機響起，一接聽便傳來一串石破天驚的大吼：「于隊！于隊于隊于隊！」

「叫魂喔！」于進把電話稍稍拿開，一臉沒好氣。「吵死人了！幹麼啦？什麼？

偵訊中跑了？怎麼會……你們這些笨蛋！我馬上回去！」于進越聽越不妙，鳳簫和袁日霏盯著他，不用想也知道出大事了。

「隊上找我有急事，有個拐帶毒品的地方混混跑了，我過去看看，袁局來了再幫我跟他說一下。」于進抓起外套就往包廂外疾奔。

「好。」袁日霏和鳳簫應聲。

于進風風火火地離開，本就寬敞的包廂內僅餘兩人，一瞬間安靜下來。

袁日霏忽然注意到她與鳳簫挨得極近，驀然間有些不自在，往旁挪了挪，低頭又開始往袁正輔的碗裡挾菜——明明早就裝滿了兩個餐盤，現下連碗也不放過。

鳳簫有點好笑地瞧著她。

「那個局長，妳的養父，食量看來很不錯。」

「養父喜歡花雕雞，也喜歡炒桂竹筍，多總比少好。」

于進說她不孝順，其實，她會記得養父的飲食喜好，能不孝到哪裡去？鳳簫心想，然而嘴上什麼也沒多說。

袁日霏想起皮包內那張紅紙，越想越心虛，總覺得瞞了鳳六什麼，害怕被他看穿，雖然低頭認眞吃飯，眼角餘光卻時不時溜到鳳六那裡。

「怎？有話想告訴我？」鳳簫實在很難不發現她的怪異，隱約間又有點高興。她好像是因爲他而坐立難安？

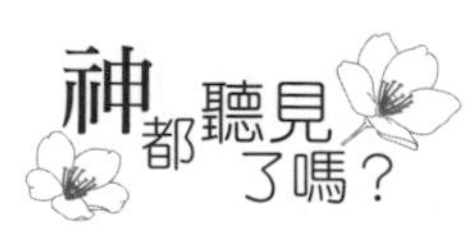

法醫既是高知識分子，又是公務人員，有幾分高姿態也是難免。她忽然好聲好氣了起來，反省得十分謙虛，坦言自己個性上的缺失，眞是讓他莫名的……莫名的什麼？

憐惜？心疼？不對，這好像是差不多的事。

欣慰？覺得她很坦白？覺得她很可愛？覺得高興？好像什麼都摻雜了一點。

「突然跟我說這些，看來西裝眞是威力無窮啊，妳果然是個無法自拔的西裝控。」鳳簫的結論永遠出人意表。

「西裝控你個頭啦！」袁日霏眞是不可思議。她又使用驚嘆號了，今天還是輸了！袁日霏十分氣惱。

「妳傲嬌，我懂的。」鳳簫悲天憫人地拍她肩頭。

袁日霏一臉複雜地盯著鳳簫。傲嬌你妹啊！她眞想學于進這麼說，可惜說不出口。

「乖。」鳳簫伸手摸她頭，還得寸進尺地揉了揉她髮心。

她的頭髮相當軟，觸感只比他的稍微差了一點點，光澤也挺不錯，摸著順手。鳳簫越摸越舒心，心情極好。

這是做什麼？袁日霏怪異地感受著從頭頂傳來的觸感與溫度，傻傻地盯著鳳簫，整個人瞬間石化。

印象中，只有養母曾對她做出摸頭這種寵愛與疼惜的動作，這人到底在幹什麼啊？

她頭好痛她好想崩潰她是來到異世界了嗎？去他的西裝控！她爲什麼沒有拍開他或揍扁他或揉爛他或剖開他呢？她爲何臉頰發燙？連右耳也很燙。

袁日霏忙不迭地將頭頂上那隻手揮開。

「我打個電話給養父，看看他到哪裡了。」袁日霏話才說完，手機隨即響起提示音，她滑開螢幕，袁正輔發來的訊息跳出——

嘻嘻。

就這麼簡單兩個字，袁正輔無論是說話或是發送訊息都絕對不會使用的兩個字。

不知怎的，袁日霏竟聯想到那日季光奇毫不協調的說話口吻，不祥預感乍然湧現，臉色瞬間煞白。

「怎？」

袁日霏將手機遞給鳳簫，鳳簫望了一眼，臉色也瞬間轉沉。

就算鳳簫是個笨蛋，也知道堂堂一個刑事局局長是不會如此俏皮的，他和袁日霏有同樣的不祥聯想。

「我要回家一趟。」袁日霏二話不說地站起身。

「等等！」鳳簫連忙攫住她的手腕。「明明是法師還想坦前排啊妳？」誰是法師了？跟她比起來，他才是法師吧？坦前排又是什麼鬼？

「說人話。」袁日霏擰眉。

「帶上我，笨蛋。」

帶上他？袁日霏一時間很難消化這句話的意思。

和鳳六一起回家？這感受非常奇異，她愣了一下，怔怔看著鳳簫。

雖然事發突然、情非得已，但她自己都很多年沒回家了，更何況是帶著一個莫名其妙的鳳六。

袁日霏難以形容此時的微妙心情，不過如今情況容不得她多想，倘若傳訊之人真與季光奇和顏欣欣的案件有關，那她沒有任何理由拒絕這個提議，她確實很需要鳳六的幫忙。

既然無法推拒，袁日霏不再多說什麼，只是匆匆忙忙地往餐廳外頭走，鳳簫跟在一旁，問：「妳怎麼知道局長一定在家裡？」

「因為他今天休假，而且他告訴于進他整天都有空，他休假時向來都待在……」不，為什麼她會認為養父一定在家裡？

袁日霏說到一半，話音漸弱，收口不說了，望向鳳簫的眸光有點複雜。

鳳六點醒了她，她的判斷不夠冷靜，她不該如此慌張，此刻任何一趟路途的浪費都損失不起。雖然是該回家一趟看看，但該有的確認與聯繫也不能少。

他是拐著彎在提醒她嗎？

知道她心急，擔心她誤事，又怕她聽不進，所以迂迴了點，讓她自己想明白？他是一個這麼體貼的人嗎？

心頭好像湧出了什麼，扎扎實實地喧囂了她的心跳，令她更加心慌。注視他那藍紫眼瞳竟顯得如此困難，可現在沒有任何事比確認養父的安危重要。

袁日霏五味雜陳地將眸光從鳳簫身上收回，一邊走向停車場，一邊接上耳機，接連打了好幾通電話，將所有能打探養父行蹤的人全問遍了，包含于進，皆是沒有消息。

驅動座車後，袁日霏一邊轉動方向盤，一邊又請刑警局較爲熟悉的同事幫忙查詢養父的手機訊號位置，待確認發信地點眞的在養父住處時，袁日霏也已經到達目的地，就連一分鐘都沒有浪費。

她的額際沁浮薄汗，向來神情寡淡的面龐十分緊繃，停車時甚至沒有如同往常般精準計算角度。

鳳簫將她的一切動作、表情與反應全都看在眼裡，一反常態地安靜，一句話也沒多說。

袁日霏俐落地自車上走下，鳳簫跟隨在她身側。前往袁正輔住處的途中，袁日霏首次感受到從自家停車場走到住所的短短路程竟如此漫長。

因爲焦急，又急著想冷靜，袁日霏抿了抿唇，一反常態地多話，總覺得再不說些什麼，心跳就會快得讓心臟衝口而出；再不趕緊說些什麼，一切就要來不及。

「我被收養的時候，就是住在這裡。」袁日霏刷了許久未用的大樓門禁卡，領著鳳簫走入大廳旁的電梯，伸指按了上樓鍵，難得主動提及自己的事。

她永遠記得，第一次來到這棟大樓，第一次站在養父母身旁，第一次等待電梯時的心情。

「當時很小？」鳳簫偏眸睞她，與她說話的同時，也提高了注意力，戰戰兢兢地感知周旁氣息。

一走進這棟大樓，他就隱約察覺到一股不太對勁的氛圍，與季光奇的別墅有點雷同，但又不甚肯定。爲了避免讓已經夠焦慮不安的袁日霏更加恐慌，他暫時選擇略過不提。

「不，那時已經國中，十三歲了。」袁日霏搖頭。

這麼大了？鳳簫望著她，本想問什麼，琢磨了會兒又統統嚥回去。電梯門「叮」一聲打開，他和袁日霏走入電梯，看著她按下七樓鍵。

「養父母的感情很好，也很疼我……但是，我搬去學校宿舍住之後，就很少回來了。」袁日霏環顧電梯內部，已經與她記憶中大相逕庭。

「妳養母是怎麼過世的？」鳳簫想了想，最後還是問了。

「她的身體一直都不太好，我來的第二年，某天清晨，睡夢中就走了。」看著樓層鍵一鍵一鍵往上亮，袁日霏已經不知自己是因爲擔憂袁正輔，抑或是近鄉情怯的緣故，心情不由得越發緊張。

「妳認爲養母的過世與妳有關？」串聯起袁日霏曾經透露過的訊息：命無正曜、問他有沒有一種人，生來就注定會爲別人帶來災難、養母離世後便離家……鳳簫合理地推測出這個可能。

袁日霏沒有回答。

大概收養了她之後太勞累，體力不堪負荷？又或者是，由於她實在太喜愛養母，脫口喚了養母「媽媽」的緣故？

那張紅紙上說她刑剋雙親……

鳳簫見她沒回話，就當她默認了。

「或許眞與妳有關，她久病無子，好不容易盼到個女兒，心願了了，沒有遺憾，就放心走了。」

眞笨，就說她這種不懂取巧的性格絕對會吃虧吧，什麼事都往自己身上攬，什麼都往壞的地方想，難怪認爲自己只會爲別人帶來災難。

看著她驟然黯下的臉色眞令人難受，既心疼她，又想掐死她，這人怎麼總是令人如此矛盾？鳳簫沒發現，自己瞪著袁日霏的眼神裡有幾分溫柔。

「什麼？」袁日霏一愣，她從沒想過這種可能，一時間沒能反應過來。

「妳已經聽見了。」鳳簫聳了聳肩。「妳總是一直看著妳自己想看的，不是嗎？剛剛在餐廳裡妳自己說的。也許事實和妳想像中完全不一樣。」

袁日霏盯著鳳簫，眼眶驀然有點發疼，她連忙將目光別開，不知道該如何回應這句話，只好選擇不回應。

四樓、五樓、六樓……謝天謝地，就快到了。她正慶幸閃過一個難以回應的語句，未料更難以回應的話來了。

「于進說，妳從前在醫院當病理科醫師，後來進了刑警局，是爲了能時常見到養父嗎？」

鳳簫問到一半，神情一凜，眸光倏然轉沉，嘴上的話不停，警戒也沒有放鬆。

妖氣！沒有錯，就快到了。

「叮——」電梯門再度打開，適時讓袁日霏迴避了鳳簫的問題。

這要她怎麼承認？爲何鳳六吊兒郎當的，問句卻總是如此犀利，咄咄逼人？

袁日霏鬆了一口氣，徹底忽略這個提問，按著開門鍵，側身想讓鳳簫先出電梯，偏眸就看見他手中的桃木劍。

「你……穿著西裝拿桃木劍超詭異的。」桃木劍又來了？就算已經不是第一次看見，袁日霏仍然感到很驚愕。

「換成道士服比較好嗎？」鳳簫想了想，深有同感地頷首。「好，我知道了。」他回身又要進電梯。

「去哪兒啊你？」袁日霏大驚失色，一把拽住他衣角。

現在離開是怎麼回事？他不是要陪她一起確認養父的安危嗎？

「換衣服啊。」鳳簫說得理所當然。

奇怪，惹一個平時冷冰冰的人怎麼這麼紓壓？看她被他惹得氣呼呼的，比看她黯然失落，又或者被她句點好太多了。

「不必！」袁日霏崩潰大吼，拽著鳳簫的衣角就往電梯外走。

驚嘆號驚嘆號驚嘆號，又是驚嘆號！她這輩子難道都沒辦法擺脫驚嘆號了嗎？跟驚嘆號比起來，句點簡直好太多了。

「對了，先告訴妳，雖然我很強大又帥氣，但我也不敢保證等等會發生什麼事，別把我想得太神，妳自己也要注意一下。」鳳簫看著她拉住他衣服的手，明明是這麼需要緊張的時刻，他的眼底竟然還有一絲笑意。

「第一句可以不用說。注意什麼？」強大又帥氣是怎麼回事？袁日霏已經無力到無以復加了。而且誰把他想得太神了？只有他的自戀程度永遠在突破極限而已。

第十三章

沒事的、沒事的，不要自己嚇自己。

越擔心養父，越要保持冷靜，這點認知袁日霏還是有的。

她拿穩鑰匙，逼自己別胡思亂想，俐落打開大門，腳步才一往前邁，後領便被鳳簫扯住。

「老走前面妳是有什麼毛病啊？」鳳簫出聲抱怨，神情頗為無奈。她究竟知不知道自己有幾兩重？總是喜歡衝第一個。

「我走前面很正常吧？這是我家，難道我回家開門，還要側身為你讓路？」袁日霏一臉莫名其妙地與他對望。

這麼說是沒錯，但現在是非常時期，並不是計較主客的時候。

鳳簫挑了挑眉，不甘妥協，又懶得教育，張口又是胡攪蠻纏的一句：「隨便啦！反正妳家就是我家。」

「什麼隨便？難道你家是我家嗎？」袁日霏瞠目結舌地盯著鳳簫，越來越聽不懂他在說什麼了。胡說八道難道不是種病嗎？

「妳想要也是可以啊。」管他誰家才是誰家。

鳳簫向來不按牌理出牌，也不管袁日霏的抗議，自顧自地欲走進門，腳步才剛抬，又想起些什麼，回首來拽袁日霏的手。

「算了，一起走好了，免得妳又像上次一樣走丟了，麻煩。」

她的手心觸感比頭髮更好！

鳳簫不知自己在樂什麼，就是覺得舒坦。身邊跟著她令人愉快，能夠保護她這件事也令人愉快。

袁日霏瞪著鳳簫牢牢牽著她的手，手指微微動了動，反倒被鳳簫握得更緊，想掙開又找不到理由，頓時極其爲難。

她上次確實走散了，險些被小鬼纏上，還讓鳳六回頭幫她，製造出麻煩是她不好。但是，有必要這樣牽手同行嗎？

話又說回來，人家這麼大方磊落地來牽她，她若執意放開，豈不顯得她小家子氣，心裡有鬼？

放開也不是，任他牽著也不是，這都是些什麼跟什麼？她竟被一個自稱比她漂亮，自稱強大又帥氣的孔雀牽著手進家門？

莫名其妙啊這一切！

袁日霏都不知道她現在的心情究竟是什麼了。

明明希望養父平安無事，人就好好待在屋子裡，可是如今這情狀，養父若眞待在屋子裡，看見她和鳳六這樣牽著手走進去，她恐怕心理上會比較有事。

她該怎麼解釋？不如從七樓跳窗好了？

不對，怎麼會是她跳窗呢？要也是推鳳六下去啊！

袁日霏內心煎熬，最後豁出去什麼都不管了，和鳳簫一起踏入玄關。環顧周遭，她正有些慶幸家裡的擺設和布局和從前大致相同，並沒有如同季光奇家裡那般充滿詭異錯縱的走廊，尚存著一絲微弱的、養父必定安好的盼望，便聽見前方傳來一陣不尋常的聲響。頂上光線被遮蔽了大半，還不及反應，忽有成群烏鴉集結朝他們襲來。

烏群鼓翅飛舞，雙目赤紅失焦，爪尖喙利，挾著驚天之勢衝入視野，漫天烏羽。屋子裡怎會有烏鴉？數量還如此龐大，來勢洶洶，每一下探啄伸爪都像要致人於死。

袁日霏低聲驚呼，倉皇閃避，鳳簫當機立斷，跨步擋到她身前，手中桃木劍凌空一劃，挑劈擘砍，劍氣掃蕩之處鳥隻墜跌，顫聲嘶鳴，目光所及之處黑羽紛飛。

「啞——」一隻跌地烏鴉復又飛起，猝不及防張喙咬向袁日霏的手臂，旋即被一道奪目藍光震開，再度落墜。

袁日霏手臂一縮，雖然並未真的被咬傷，但鳥喙擦過之處略感疼痛。她看了一眼痛處，並未將這件小事放在心上。

鳳簫的目光朝她這裡投來，驚覺被擊落的鴉鳥紛紛振翅捲土重來，眉心緊鎖，星眸爍光，瞬間察覺不對勁。

這群烏鴉是活的，不，正確來說，這群烏鴉曾經是活的，是有著實際肉體的凡身，不是之前那種以符文驅動的黑蛇、墨虎，甚至煉成半妖的顏欣欣那類幻形妖物，不能單純以靈力攻克，得以眞火滅淨才行。

鳳簫環顧四周，烏鴉數量太多，各個焚滅太慢了。

他橫舉桃木劍，伸指往劍身一劃，桃木劍須臾間綻光成線，一絲絲纏結成網，鋪天蓋地向上奔竄，翻騰兜轉，衝擊震盪出滿室紫光。

鳳簫張手束網，嚴嚴實實網羅漫天烏鴉，一時間鴉鳥疾啼，入耳盡是尖號慘鳴，黑羽四散飄落。

他乘勝追擊，掌心翻轉，信手揚起一簇藍焰，毫不留情地投向光網。

「轟——」彈指間遍地黑屍，啼鳴聲不絕於耳，袁日霏瞪著地上那些鳥屍，十分錯愕地拈起一根沾在她身上的墨羽。

這和她之前看過鳳簫對付的那些墨虎、小鬼都不相同，被鳳簫擊潰後並未直接化爲無形，而是有具體的東西殘留。

因爲太好奇，袁日霏一度想蹲下查看地上那些鳥屍，念及鳳簫進屋前對她的耳提面命——不要離他太遠，不要亂碰任何東西，又頓時遲疑未決，只好默默地將疑惑的目光投向鳳簫。

「不用納悶，這是屍，不是之前那些以符文召喚的妖物。」看什麼看？不知道自己眼睛大啊？他不用看都知道她要問什麼。鳳簫走到袁日霏身旁，不曉得又在氣什麼地抬起她的手臂探看，口吻惡劣。

都已經在她的右耳壓上指印，還讓她站在身後了，這也能受傷？難不成要將她拽懷裡捧著嗎？眞是有夠惱人的！

「什麼意思？」袁日霏完全不知道鳳簫在氣什麼，見他態度惡劣，倒也不以爲意，反正這人的脾氣向來陰晴不定。

「這是貨眞價實的烏鴉屍體。我的意思是，在我燒了牠們之前，牠們就已經是屍體了。」鳳簫將袁日霏的手臂轉來轉去，確認她眞的只有一點點、不超過零點五公分的擦傷後，口氣總算好些了。

「意思是，這些烏鴉早就已經死了，只是有人操縱屍體，讓牠們動起來？」袁日霏雖然對於咒術一無所知，但畢竟是個高材生，理解力不差。

「對。」鳳簫頷首，腦海中突地閃過什麼，顰眉沉思。

小鬼、掠胎、取魂、控屍……看似不相關的線索倏然兜攏，拼湊成形，令他似乎掌握到了某些關鍵。

「小心一點，不會只有這些。」鳳簫沉聲提醒。

「發現什麼了嗎？」袁日霏問。

「沒有。」鳳簫搖頭。在尚未有確切實證之前，他還沒打算向袁日霏提起，以免她更加擔憂養父安危。「我只是覺得，明知道我會來，卻只拿幾隻鳥來對付我？不至於這麼天眞吧。」

這都什麼時候了，孔雀還有時間自戀？好好好，他最強大了。袁日霏渾然不知鳳簫刻意想安撫她的心思，隱隱感到頭痛。

「養父？袁局？」越過地上成堆的焦黑鳥屍，袁日霏喊著疏離的稱呼，在屋裡邊走邊喚。

鳳簫方才提到的操縱屍體這件事固然十分驚悚，但最令她擔憂的，仍是袁正輔的安危。

鳳簫復又牽起憂心忡忡的袁日霏的手，亦步亦趨跟在她身旁，越往屋內走，神色越加凝重，腦中猶在抽絲剝繭。

他想，會不會有一種可能，這一切事件自始至終就不是衝著鳳家，而是衝著另一個他仍不甚肯定的目的？只是半途遇上他蹚進來，迫得對方不得用盡全力先除去他？

否則饒是鳳家再如何天羅地網，直取鳳家也比在這裡故弄玄虛，連續搞出這一大串事件來得容易，對方何必如此大費周章？

若眞是如此，那麼最開始他以爲畫錯的那張顏欣欣煉妖符，或許也不是無心，而是刻意爲之？

趙晴的死胎，季光奇屋內的童屍，季光奇的半魂，如今的鳥屍……爲什麼？屍……變成小鬼的童屍……眞能驅動的鳥屍……究竟要這些屍有何用途？這當中必然存在某種關聯。

童屍煉成小鬼，肉身無用；顏欣欣最終成了半妖，凡身仍是壞敗；季光奇被取走半魂，失去了神識；如今的烏鴉則是被驅動的屍體，沒有靈魂……

換個淺顯易懂的想法，童屍與顏欣欣是硬體被破壞，徒留軟體，一成小鬼，一成半妖；季光奇與烏鴉群則是毀壞了軟體，徒留硬體，一成精神障礙，一成活屍……

萬物死後魂魄逸散，凡身也逐漸腐敗，軟硬體同時消抹，這是自然法則、天道循環，爲何要嘗試挑戰獨留其一？有魂無體沒用，有體無魂也不行，非得兩者俱在才有意義……

兩者俱在？鳳簫腦中靈光乍現。

莫非對方正是失了其一，所以才無所不用其極地殷切尋求？

先嘗試能夠提魂到何種程度，再挑戰能夠如何使用屍體，而這一連串事件都只是場必然的實驗，爲了確保兩者最後能精密地結合成功？

難怪對方要在屍體陣術旁立碗陰陽水，對方想藉此踏陰入陽、起死回生？雖然相關記載極少，但確實眞有還魂返陽之術，除了陰陽水之外，還需要陣，需要引，需要生魂煉陣，需要天時地利人和——

鳳簫正掌握脈絡，前方不遠處突地傳來琴聲。

鋼琴？鳳簫與袁日霏同時一怔。

「養母的琴房？」一確認聲音是從琴房傳來，袁日霏拉著鳳簫往走廊深處快步疾行，轉眼奔入位於盡頭的房間，入耳琴音越漸清晰。

房內詭譎，鋼琴無人彈奏便流瀉琴音，四道牆面皆貼滿黃符，密不見縫，觸目驚心，可袁日霏無暇他顧。

袁正輔就在房裡，背對著他們，對他們的到來置若罔聞。他跪在一道牆前，手執配槍，槍口正緩緩對向自己的太陽穴，槍枝已開保險……

「養父！」袁日霏大驚失色，掙脫鳳簫的手，心急如焚地邁開步伐衝去。

牆上符咒蠢蠢欲動，符文生光，前方袁正輔不過是幻象而已。

迷障！

「慢著！」鳳簫伸手欲攔已來不及，提步快追。

「轟——」周旁紅霧頓起，四面八方傳來巨響，地動天搖。

七道寒光迸裂，浮空生出長劍，劍芒鋒利刺眼，劍身畫滿赤色符文，阻斷鳳簫的前路。他環顧四方，穩步站好，手中桃木劍生，髮絲飛揚，眼神狠厲。

斗魁天樞、天璇、天機、天權，斗柄玉衡、開陽、瑤光，七劍環伺，懸浮圍繞在他周圍，殺意橫生。

七星劍陣！

眼前紅霧漫漫，哪裡還有袁日霏的身影？

調虎離山？聲東擊西？

鳳簫恍然。他確實一開始就猜錯了，這些事並不是衝著鳳家而來，眞正的目標始終都是袁日霏。

他不知道袁日霏的生辰八字，但他大致摸過她的骨相，也曾細瞧過她的面相，骨相與面相毫不相襯，無法輕易論斷，既陰且陽，論好也壞。

或許她的命盤亦是如此，生於極陰之日、極陽之時，又或者是生於極陽之日、極陰之時，例如極陽的端午、極陰的寅時。

而對方正在尋求眞正的借屍返陽、起死回生之術，需要一個既陰且陽的生魂來煉陣，袁日霏可能正是不二人選。

鳳簫垂眸睞了一眼腕錶，袁日霏右耳上那枚指印至少能在迷障內護她一刻鐘。

他左臂一甩，手中桃木劍疾刺而出，劍尖寒光乍現，奪目生輝。劍陣啟動，玉衡、開陽、瑤光，斗柄三劍疾衝而來，在空中與桃木劍相交，發出鏗鏘脆響。

想用袁日霏煉陣返陽？得從他身上踏過去才行！

玉衡、開陽、瑤光三劍齊攻，鳳簫橫劍擋禦，腳步被劍氣直衝後退；天樞、天璇在後，天機、天權在側，應勢砍來，絲毫不留半點餘地。

鳳簫眸光一爍，速判情勢，腳尖點地，縱跳突圍，足踩玉衡，左挑開陽、右制瑤光，敏捷一個旋身，伸臂擘砍，凌空長劈，威震斗魁四劍，滿室晃蕩銀光。

「養父！」另一頭，袁日霏邁步疾衝，倉皇奔至袁正輔身旁，定睛一望，養父身影卻已消失，周邊不知何時瀰漫紅霧。

她不可置信地伸手往前探了探，眼前空無一物，不見任何人影，顯然並非她的錯覺。那方才看見的養父是？難不成是眼花？

「養父？」詭譎紅霧四起，霧漸深濃，幾乎伸手不見五指，哪裡還看得到養父的身影？

……鳳六呢？

「鳳六？」袁日霏喚了幾聲，屏氣凝神，腳步絲毫不敢挪動半分。

縱使琴房寬敞，也沒有大到能讓她與鳳六走散的程度。怎麼回事？不過眨眼轉瞬，她與鳳六居然能夠走散？

鳳六要她別離太遠，如今已看不見對方身影，是該在原地等待，抑或是主動去尋？袁日霏內心惶惶，有些拿不定主意。

霧中突有人影閃動，不遠處傳來嬰兒的啼哭聲。

嬰兒啼哭聲？剛剛的人影又是誰？

袁日霏待在原地躊躇了好一會兒，遲遲不見鳳籥來尋，於是咬牙動念，摸著牆沿尋向音源。

走沒幾步便看見一名少婦，懷中摟抱著襁褓嬰兒，連聲拍哄：「日霏乖，日霏不哭，媽媽愛妳。媽媽、媽媽也是不得已的……」

日霏？婦人懷中嬰兒姓名似乎與她同音？

袁日霏抬眸打量，這名婦人瞧來有些面善，眼鼻泛紅，聲音哽咽，眼眶裡全是淚水。

婦人並未察覺袁日霏的到來，爾後又有一名男子走近，揚聲催促：「雅淑，該走了。」

雅淑？是養母的名字。

袁日霏疑惑地望向男子，不是年輕時的養父還是誰？

養母早逝，她與養母相處時日短，面對年輕時的養母，無法立刻認出也是在所難免，但共處多年的養父卻是絕不會錯認的。

「嗚……日霏……媽媽捨不得……」養母抱緊懷中嬰兒，在袁正輔的催促下悶聲哭泣。

袁日霏尚未消化眼前所見，畫面倏然一轉，換成了深夜裡驟雨的育幼院前。養父母驅車揚長而去，女嬰被棄置在育幼院門口，胸前放著那張袁日霏再熟悉不過的紅紙。

莫非那女嬰不只是與她同名，眞的是她？怎麼會？袁日霏摀住幾欲出聲的嘴。

她無法思考究竟發生了什麼，畫面又猛然一晃，轉到臥病在床的養母床前。

「正輔，我們把日霏接回來好嗎？我去偷偷看過她好多次，我知道一直沒有人願意收養她……」養母蒼老了許多，形容憔悴，和袁日霏記憶中的樣貌相同。她殷切哀求：「我的身體狀況我自己清楚，或許再沒有幾年了……沒能陪伴日霏長大，一直是我心裡的遺憾，只要幾天也好，能陪著女兒幾天都好……你忍心讓我就這麼走了嗎？」

養父面有難色，最後仍敵不過養母的執拗，頷首同意。接著，袁日霏便看見正逐漸長成青少女的她，被領回這個家裡。

畫面迅速更迭——她與養母共度的溫馨時光、養母病逝、她搬離居所，想親近依賴養父卻戰戰兢兢、恐懼卻步，最後只得轉考刑警局法醫師，期盼能在職場上爲又敬又愛的養父貢獻棉薄之力……回憶片段錯綜交疊，一路顯現至養父方才舉槍自戕的畫面。

「不要！」袁日霏放聲大叫，跪地抱頭，太陽穴疼得幾近炸裂。

頭很痛，身體也很重，往事如潮水般急湧而至。她的、不是她的記憶盤旋交結，她看得眞切，卻無法釐清，越想思考越無法思考，彷彿有什麼東西正從她身上被狠狠剝離。

袁日霏抱頭撫額，伸手擰揉泛疼的太陽穴，卻發現衣服上有件莫名物事，神情微愕。

剪成小人形狀的白紙？她身上何時黏沾了這張白色人形碎紙？

她依稀記得見過這個東西，什麼時候？出現在哪裡？袁日霏搜尋腦中凌亂紛雜的記憶，頭越來越疼。

有了……季光奇？

被取走半魂的季光奇，當時身上有無數光點散逸……

正待思忖些很重要的什麼，養母忽地出現在咫尺，親親愛愛地朝她伸出手，敞開懷抱。

「日霏，快過來媽媽這裡，妳不是一直很喜歡媽媽的嗎？媽媽也很愛妳，一直都非常想妳，更捨不得妳。」

養母！她也十分思念養母，一直、一直都十分思念……袁日霏舉步欲行。

「來，我們一家三口就要團圓了。」養母溫柔地誘哄，慈愛得和她腦海中的記憶一模一樣。

她想去，她喜歡養母！她一直都無比希望養母就是她的親生媽媽……

第十四章

七星劍陣精妙絕倫，劍泛銀輝，此消彼長，變化莫測；擊墜一劍，另劍瞬起，陣形迅速變幻，咄咄逼人。

鳳簫快步搶攻，揮劍迅捷猛暴，唰唰唰唰連番擊落天樞、天璇、天機、天權四劍，寒光四起。

琴房內流瀉攝魂音律，越響越急，鳳簫眸光冰冷，眼底隱隱竄燃怒焰，越戰越狠，充耳盡是擾人樂音與長劍碰撞聲。

區區琴房，區區迷障，誰能攔得了他？管他是什麼，見妖殺妖，見鬼殺鬼！

鳳簫提氣縱跳，一舉躍出劍陣，手中桃木劍橫劈掃蕩，轉挑玉衡、開陽、瑤光三劍，但斗柄才制住，方才揮落的斗魁四劍又捲土重來，簡直沒完沒了。

他心繫袁日霏，分秒必爭，不願多做無謂的纏鬥，於是橫向一個劈砍，強勢擘開七星纏夾，衝盪出一道道猛烈的衝擊波，須臾間掀飛了四牆黃符，擊破琴身，琴弦盡斷，七劍迸碎。

擾人琴音戛然而止，漫漫紅霧散去，房間真實樣貌漸漸浮現——

地上畫滿符咒，血色符文清晰地勾勒成精妙陣法，撲鼻盡是血腥味。

陣旁立了碗陰陽水，袁日霏抱膝蜷縮在陣眼之中，朱色符文竄爬纏繞她全身，折磨吞噬她心魂，胸前白色人形碎紙正在吸聚她精魄。

袁日霏眉頭深鎖，眼睫掀動又閉，嘴上喃喃，似溺水之人，奮力掙抓，模樣破敗狼狽，令鳳簫面色一沉，長眸瞇起，胸口陡窒，怒氣熊熊燃燒。

她可是被他烙下鳳家指印之人，沒有人能傷害她，他不允許她在他的眼前被傷害，絕不容許！

鳳簫神情狠戾，振臂疾掃，一柄桃木劍重重沒地而入，衝開地面煉魂血陣，震碎地上瓷碗，水花四散飛濺。

袁日霏周身纏繞的圖紋瞬間疾退，地面震盪不已，窗扇盡裂。

袁日霏身上的人形碎紙立時化爲粉塵。

鳳簫滿腔怒火燒灼難息，胸臆間鼓譟難平，彷彿就連五臟六腑都在劇烈翻攪，不明白自己爲何要如此震怒。

是氣有人想對袁日霏不利？氣她扔下他往前跑？還是氣自己沒能好好保護她？

總之，無論原因是什麼，鋪天蓋地的怒氣席捲上來，無庸置疑，或許當中還夾雜了些微恐懼。

是由於驚覺對方修爲與他並駕齊驅？還是由於鳳家指印無法密不透風地保護袁日霏？

若是在從前，他心中並沒有牽掛著誰，碰上旗鼓相當的敵手，或許只會覺得事態有趣、熱血沸騰，可現在他卻無比煩躁，甚至有種被侵門踏戶的焦慮感。

侵門踏戶？爲什麼？

因爲他掛念袁日霏，認爲她是他的所有物？

所以在袁日霏爲季光奇急救時，他才會感到不滿，所以看見袁日霏垂危地蜷縮在那裡，他才會感到如此憤怒？

但是，又爲什麼要認爲袁日霏是他的所有物？

就因爲已經與她一同捲進事件裡來？因爲她右耳那枚指印？因爲她曾擋在他身前？因爲她理解他，與他有種莫名的默契？又或者是因爲她曾拿著解剖刀架在他脖子上，無意間挑惹他興趣？

她誤打誤撞，莫名得到他太多第一次，不知不覺間竄爬到某個位置，在他心中占有一席之地。因此，取她煉陣這件事竟如同挑戰他般令他不悅，甚至有過之而無不及。

鳳簫思緒紛亂，怒火不滅反盛，一砍一劈，房中陣法、物事盡毀，靈力披靡橫掃，所及之處盡是藍色烈焰，逼出一道狡詐黑影。黑影正欲奪窗而出，臨走前不忘離佚袁日霏身上飛散光點，想令她神魂俱滅，迫得鳳簫不得不出手相救。

又是如此！這卑劣的傢伙從頭到尾藉物遁形，苗頭不對拔腿就跑，留下不得不收拾的後招，意圖使人無法追擊。

跑？怎能讓對方用同樣的手法跑第二次。

袁日霏要救，那膽敢爬到他頭上造次之人也得揪出來，哪怕要翻天覆地！

「三魂佐衛，七魄隨行，日月蔽吾形，去！」

鳳簫翻掌作訣，氣勁由指而發，數道藍焰奔竄，瞬成一隻巨大的紫羽鳳凰，朝窗外黑影追去。

紫羽鳳凰飛馳急追，絢爛的尾羽隱沒在天際，鳳簫確認掌握對手行蹤後，立刻邁步到袁日霏身旁，爲她聚魂穩魄。

快一點，無論是什麼都再快一點！

鳳簫此生首次感到咒訣唸得不夠快，手訣做得不夠穩。他心急如焚，在袁日霏身旁運行所有氣勁手訣，明明已經看著從她身上紛飛離散的光點一一回到她體內，穩定了她的呼吸，卻仍感萬分不安。

拜託，千萬得好好的，什麼都不能少，無論是半魂半魄，無論是一根頭髮一根手指，無論是一個顰眉、一個抿唇，對他來說都很重要，非常重要。

他扶起她癱軟的身體，令她枕靠他的大腿，垂眸凝視她毫無血色的容顏，一下碰她臉頰，一下握她手掌，小心翼翼地反覆確認她的狀態，唯恐她傷了一絲一毫，心跳快得彷彿就要衝口而出，難以平息。

魄魂歸位，雖然尚未醒轉，但她仍在呼吸，仍有心跳，原來一個人的呼息竟能如此可貴。

鳳簫轉而望向腕錶。歷時一刻又三分，謝天謝地，她多撐了三分鐘。

如釋重負的他忽感身心倦憊，從來沒有如此疲勞過，緊繃的雙肩放軟，盯著袁日霏的異色瞳眸瞬也不瞬，眸心充盈難以言明的情緒。

太重要了，眼前這人。即使搞清楚何時開始，怎麼開始的，那又如何？都已經如此重要了，難以抵擋。

很令人煩躁，也很令人想好好珍惜……

他伸出手，有些遲疑地攏了攏她頰畔髮絲，又碰了碰她嬌軟的臉頰，不知爲何淺淺嘆了口氣，覺得等待她醒轉的時間似乎太長，又好像太短。

鳳簫環顧四周，瞇眸打量，一邊記掛著袁日霏的狀況，一邊思忖這連串事件當中的關節，思緒有些紛亂，決定之後再詳加盤算。

一股溫熱感兜圍上來，撲鼻盡是熟悉的草木氣息，袁日霏眼睫掀動，手指顫了顫，尚未睜眸，就知道是誰來了。

「鳳六？」勉力睜開雙眼，鳳六近在咫尺的臉龐朦朦朧朧，袁日霏困難地掀張眼睫，只覺得眼皮和全身一樣沉重。

「是我。」鳳簫黯了神色，細細觀察她每個反應，確認她全身上下沒有任何一處

「他不在這裡。」鳳簫抿唇，避重就輕。

「我看見他舉槍，但我一靠近，他就消失了。」袁日霏眉頭深鎖。方才看見的那些究竟是什麼？本就幾欲炸裂的頭似乎更痛了。

「那是幻覺。」鳳簫斬釘截鐵地答。那琴音、那符咒，皆是迷障。

「一切都是嗎？」袁日霏不甚確定地問。

「妳還看見了什麼？」鳳簫挑眉。

袁日霏抿了抿唇，搖頭，沒有回答。她並非只是單純不想說，更多是因爲頭昏腦脹，暫時無法釐清。

「這些事情和養父有關嗎？」袁日霏努力思考了會兒，沉默片刻，問得遲疑。

她並不笨，雖然不願相信，但也的確想過，養父會不會就是引起這一連串事件的兇手，而這屋子裡的結界正是養父所設置？方才看見的那些幻象究竟是眞是幻？她發現自己對於養父竟是如此一無所知……

「勢必是有關的。但是，假如妳的意思是，這一連串事件的始作俑者是妳養父嗎，我想並不是。我不認爲一個警察，即便是刑警局長，會有那麼高的道行。」當然，哪來的時間學習這些陣術道法？

「不是，那就好了……好奇怪……我有點累……」聽見始作俑者不是袁正輔，袁日霏如釋重負，緊繃的精神狀態頓時鬆懈下來，眼皮越來越重，四肢百骸都有股被拆散過的錯覺，說著說著，意識逐漸昏沉。

「妳是該累的，當初季光奇都休克了。」她已經遠遠超乎他的預想，有著非常強大的意志力。鳳簫情不自禁伸手觸摸她髮心。

「遲遲找不到養父的話，得通報失蹤……失蹤案件能馬上受理，不用等二十四小時……屋子應該會有些線索……能先通知于進來嗎？」頭頂上傳來的觸感太溫柔，袁日霏舒服地閉了閉眼，很有被安撫的錯覺。她氣若游絲，眼睫都已近乎闔上，心中仍在掛念這些。

看著她明明才剛遭遇劫難，難掩疲累，卻仍拚命打起精神想安排一切的模樣，鳳簫又是一陣煩躁複雜。

看看這屋子裡都是些什麼？

煉魂血陣、滿牆符咒、取魂碎紙、遍地鳥屍……姑且不論畫成血陣的那些血是不是袁正輔的，這裡畢竟是袁正輔的住處。而袁正輔如今行蹤成謎，住所布置奇詭，實在很難令人相信他一切安好，當初就連季光奇也都被取走半魂。

鳳簫猜想，袁正輔若非布局之人，恐怕已遭遇不測，可他又該怎麼對袁日霏開口？

「別煩惱了，有我在。」對於屋子裡的狀況，明知她總有一天會知情，可如今卻怎麼樣也無法啟齒，鳳簫決定避而不談。

「嗯……」聽見鳳簫的回答，袁日霏總算安心了。她放棄抵抗急湧而上的睏倦，顫巍巍地闔上眼睫，蒼白的容顏裡盡是歷劫過後的疲憊。

鳳簫望著氣力放盡的她，再揚眸睞向窗外紫凰奔去的方向，神色沉厲，掌心緊握成拳，一雙異色瞳眸中風起雲湧，腦中已有計畫與安排。

✦

無論鳳簫有怎樣的計畫與安排，袁日霏都沒有想過，她睜開眼時看見的會是這樣的景色——雕花廊柱、鏤空窗花、實木大床、紫檀木方桌、太師椅，完全不像會出現在現實世界裡的中式建築與家具……

她穿越了！

接著，她就靠著她的法醫專才，在不明朝代裡掙出一片天，並且遇見真命天子，面臨留下來或是我跟你走的抉擇——

別鬧了！這怎麼會是穿越故事？

袁日霏猛然從床上坐起，抹了抹臉，動了動有些僵硬的手腳與肩頸，揉了揉隱約仍有些抽痛的太陽穴，試圖整理腦中凌亂的記憶。

她與養父有約，可養父沒有出現，而她和鳳六一起回家尋找養父，遇見了許多奇怪的事，再然後，她靠在鳳六身上，鳳六說他的名字是鳳簫，要她別煩惱，有他在。

有他在……她被帶回鳳家了？這裡絕對是鳳家吧？

養父呢？找到養父了嗎？

「袁小姐，妳醒了？」袁日霏才思忖出結果，門扇便被輕叩兩下，管家推門進來，手上捧著餐盤，在房內圓桌上張羅食物。「餓嗎？吃點東西吧。」

袁日霏看著這位曾見過兩次面的管家，確認了這裡果然是鳳家無誤，起身下床。

「謝謝，我不餓。」袁日霏走到管家面前，脫口便問：「鳳……鳳六呢？」

袁日霏頓了頓，最後還是說了那個大家都會用的稱呼，而不是鳳六的本名。

「少爺外出，晚點便回，出門前吩咐我得看著妳吃東西。」管家將裝在瓷碟、瓷碗裡的食物一一擺放好，爲袁日霏拉開椅子，然後收起餐盤立在一旁，畢恭畢敬地等著袁日霏入座。

這難道就是傳說中古代小姐的生活？

基本上，無論有沒有穿越，這種對白和排場都還是穿越了吧？鳳家根本就是異世界。

「謝謝，我不餓。」袁日霏不自覺地蹙眉，再度說了一遍。

「少爺吩咐我看著妳吃東西。」管家一點妥協的意思也沒有，仍是堅定地佇立在旁，又說了一遍。

「……」這到底是爲難管家還是爲難她？

算了，人在屋簷下，不得不低頭。袁日霏嘆了口氣，只得默默地坐下，張口就食。

「我可以走了嗎？」好不容易解決完桌上的食物，袁日霏問得有些無奈。

「袁小姐可以在這間房裡等候少爺回來，也可以在宅子裡隨意走看。」管家依然是那副八風吹不動的樣子。

「我不等，也不在這裡逛。我要回去了，謝謝你。」袁日霏眉心擰得更深。

「少爺交代過，要袁小姐等他回來。」管家一個箭步擋到袁日霏面前。

少爺什麼？那是你少爺，可不是我少爺！現在是要把她困在這裡嗎？

她想打電話問于進在養父家裡有沒有什麼發現，也想再回養父家一趟，還有很多事得做。

望著管家有禮但絲毫不讓的模樣，袁日霏實在有口難言。

即便她向來被貼上疏離不近人情的標籤，也不代表她有爲難別人——特別是聽令行事的員工——的習慣。

「好吧，我等鳳六回來。」縱然百般不願，袁日霏最終還是妥協了。

「好。袁小姐請隨意。」管家收拾桌上的餐盤，總算甘願離開，不疾不徐地走出房間。

袁日霏嘆了口氣，只得退一步，開始尋找房內有沒有任何能派上用場的東西。

她的包包在這裡嗎？手機在嗎？若不在，房裡有電話嗎？還有，今天是星期幾？她睡了很久嗎？

她在房裡仔細搜索，好不容易找到自己的包包，趕忙將手機拿出來確認日期與手機電量。

謝天謝地，現在雖然已經是隔天傍晚，但萬幸是假日，不用上班，而她的隨身物品都在，手機電量也還足夠，她要趕快打電話給于進！

袁日霏喜出望外地拿起手機撥號，試了幾次之後，明亮的神色再度黯下——搞什麼，鳳家居然沒有收訊？這裡果眞是異世界嗎？

袁日霏不放棄，推開房門，拿著手機便往外走，試圖找到一個能順利撥號的地點，也不知繞了多久，還沒尋回手機訊號，倒是先被喚住了。

「袁法醫？」一道陌生的男聲從前方傳來。

「我是。」袁日霏的視線從手機螢幕上移開，落到眼前的男人身上。

男人面生，絕對是第一次碰面，看起來略有年紀，一頭黑髮隨意紮在腦後，姿態寫意，穿著唐裝的模樣和鳳六有些相似。不，不只衣著，眉眼五官也有點相似。

「鳳六說妳能隨意進出結界，果然是眞的。」男人望著袁日霏開口，眉心微微聚攏，神情有些複雜。

這句話的意思是，她又踩進結界裡了嗎？

袁日霏低頭望向自己的腳。她現在對於結界已經沒有當初那麼大驚小怪，這究竟是好事還是壞事？

「進來吧，鳳六在裡頭。」男人替她打開眼前房門，側身為她讓出走道。

「謝謝。」雖然袁日霏並不是出來找鳳簫的，但既然男人這麼說了，她雖略有遲疑，也不認為有拒絕的必要，信步走進房裡。

畢竟，當面與鳳簫表明要離開的意願，總比和不相熟的管家大眼瞪小眼好。

「我是鳳笙，是他舅舅，妳喊我鳳笙就可以了，別來叔叔伯伯或是鳳先生那一套。」男人隨她進房，指了指坐在紫檀羅漢床上的鳳簫。

鳳笙？鳳家人難道都是以樂器命名的？

不過，這點小事與眼前景象相比，一點也不重要。

「鳳笙。」袁日霏從善如流，目光飄向閉眸坐在一旁的鳳簫。「他在做什麼？」

「找人，找地點，找仇家。」鳳笙聳了聳肩。

「找？」鳳簫雖然坐著，可一動也不動，眼睛也閉著，一點也不像在找人的樣子，比較像睡著了。

「只有元神去而已。」鳳笙見她一臉茫然，開口解釋。

「元神？」袁日霏挑眉。她對這些光怪陸離的名詞雖然陌生，但經過近日這些弔詭離奇之事的訓練後，倒也沒有太感意外。

「靈魂會比較好懂嗎？」鳳笙換了個普羅大眾比較常聽見的說法。

「……嗯。」袁日霏點頭。

「只能去一根蠟燭的時間而已，蠟燭燒完前，他就得回來。」鳳笙指著桌上已燒到剩下三分之一的蠟燭。

「……」袁日霏發現她錯了，只要扯上鳳家，離奇的事情總能更加離奇，她又感到意外了。

蠟燭燒完前就得回來是什麼意思？

桌上這根蠟燭，看起來就是根十分尋常的紅色蠟燭而已。

眞要說的話，燭身上似乎有符文，但不像具備什麼機關，更沒有任何特別之處，若僅是要計算時間，用碼表豈不是更加準確？有什麼理由非得用蠟燭？

「得看著燭火，若在他回來前，燭火滅了，他就回不來了。」鳳笙爲袁日霏補充說明，口吻從容，就像在敘述一件稀鬆平常的事。

「回不來的意思是？」袁日霏不得不發問。

「妳是醫生？」鳳笙反問。

「是。」

「植物人、腦死，或任何你們能接受的說法。」鳳笙依舊雲淡風輕。

也太驚悚了！袁日霏實在很難維持鎮定。

這簡直比季光奇被取走半魂造成精神異常或腦部退化更加嚴重，就這麼區區一根蠟燭，居然可以影響鳳簫的安危與人生？

「鳳家人看似很強大，但也異常脆弱，一點閃失都禁不起。」鳳笙再度開口，一反方才的平淡，神色鄭重。

袁日霏抬眸，直勾勾地與鳳笙對望，不解鳳笙為何突然這麼說。

「我希望無論如何，妳都得夠勇敢，別成為鳳六的負擔。」鳳笙意有所指，視線落向袁日霏右耳上那枚櫻瓣似的鳳家指印。

鳳六是他一手調教出來的外甥，他當然知道袁日霏右耳垂的指印是誰留下的，也明白鳳六帶袁日霏回鳳家的原因。

而鳳六近日有劫，他雖知天意難違，但秉持著護短的心態，仍不希望鳳六太難闖過，無奈天機不可洩漏，只得如此不著痕跡地提點。

袁日霏不懂鳳笙在說些什麼，當然更不懂鳳笙落在她右耳上的目光有何深意，而鳳笙也沒打算解釋。

「既然妳來換手，那我去忙，看著火，別讓它滅了便成。有事喊我，我會聽見的。」鳳笙話才說完，便自顧自推門離去。

「等等——」誰是來換手的啊？看火具體又要怎麼看，不要熄滅就可以嗎？好歹說清楚吧！怎麼鳳家人個個都這麼莫名其妙又不講道理？

袁日霏追到門口，可鳳家內部長廊交錯，結構複雜，哪裡還有鳳笙的影子？

惦記著房內燭火與鳳簫，袁日霏也無法往外追，只好乖乖回房。

她打量四周，決定先確認房內環境。

兩側牆上全是書冊，另一面牆則是一格一格的木製抽屜櫃，每格抽屜外標示著藥材抑或是食材名稱，比如艾草、當歸，也有粗鹽、針灸針之類在中醫診所或中藥行常見的物品；沒有衣物與生活用品，卻有桌、有床。

看來不像鳳簫的房間，或許比較像是書房、藥房，或者非常時刻才會使用的房間。

鳳簫盤腿坐在紫檀羅漢床上，一旁的圓桌僅有一盞燭，桌面上有香和打火機，還有以一根根木條交疊而成的、約莫是鳳笙拿來打發時間的智慧玩具之類的物品。

燭火究竟要怎麼顧？說起來好像很難，又好像很簡單。

袁日霏皺了皺眉，起身將門窗掩實，確認沒有風由縫隙透入，再仔細探看蠟燭位置是否需要挪動，待全部確認完畢，也不過才花費幾分鐘。

蠟燭還剩三分之一，應該不會很快燒盡，那麼接下來呢？

既然手機沒有訊號，沒辦法聯絡于進詢問養父的下落，現在她還能做些什麼？

燭影搖紅，袁日霏靜心思考，回想在養父家發生的一切。鳳簫曾說，她當時看見的養父是幻覺，那麼其餘那些呢？也是幻覺嗎？

會不會有可能，她真的是養父母的親生女兒？

袁日霏稍微理了下思緒，暗自下定決心，得找個時間去確認她的收養文件，並想辦法比對她與養父母的ＤＮＡ。

將待辦事項一一輸入至手機後，袁日霏無事可做，目光自然而然地落向羅漢床上的鳳簫。她情不自禁朝他走去，在他身旁細細端詳。

元神離開，這究竟是種什麼樣的境界？

他會知道蠟燭何時燒盡嗎？又會知道她正在看他嗎？

袁日霏對這些事情感到玄妙難解，無法克制地俯身打量，可一直這麼盯瞧著他，也瞧不出個所以然。

他的睫毛好長……除了長，怎麼還可以這麼濃密？

他曾經說他比她美，被她嗤之以鼻，其實他真的長得很美，這麼近看，更覺得一點瑕疵也沒有，男人長得這麼好看難道不犯法嗎？

現在可以伸手碰他嗎？

輕輕的、一點點、一下下就好，應該可以吧？

他身上的味道總是十分好聞，她居然在此時想起那天被他摟抱著的情景，胸口怦然，想觸碰他的心情又更加強烈了。

袁日霏遲疑地舉起手，這種感受太陌生，異樣的期待感與害怕被發現的刺激感充斥心頭，想觸碰他的衝動來得措手不及，難以招架，又說不出緣由。

只要碰一下下就好了……袁日霏的手指掠過鳳簫眼睫，長睫觸感如蝶翼搧動，撩動得她心湖生波，須臾生出一股羞恥感。她趕緊將手抽回，心虛得不得了。

驀然間，鳳簫手臂動了動，袁日霏更加心慌，不由得後退，目光落向鳳簫手臂，卻見他左臂憑空出現一道傷口，正絲絲點點滲出血跡。

怎麼會？剛剛明明沒有看見。袁日霏一愣，心中油然升起不祥預感，回眸睞向桌上紅燭，燭身竟然僅餘方才的一半，而鳳簫絲毫沒有睜眼的跡象。

蠟燭原來燒得這麼快嗎？就這麼短的時間？怎麼可能！

「鳳笙？」袁日霏往門外喊，鳳笙並未如他所說的出現。

「鳳六？鳳簫？」袁日霏轉而喊鳳簫，想當然耳，鳳簫也是文風未動。

袁日霏心中一急，當機立斷，拉開牆上某格木製抽屜，抓起一把粗鹽便往燭芯旁撒——

（未完待續）

後記　初見

大家好，我是亞樹，這是我們在ＰＯＰＯ的初次見面。

因為是轉換了跑道後的第一本商業誌，不可免俗的，要先來問候一下，不論是老朋友或新同學，都非常感謝你們願意購買這本書，並且閱讀到這裡。

在話家常之前，先說點正經事，以免越聊越不正經，然後就華麗麗地忘了XD

這個故事是舊作《見鬼才愛你》與《順便喜歡妳》的相關作品，原則上是當作一個新的故事來寫，可以獨立閱讀，沒有看過前作也不要緊。

故事時間設定在上述兩個故事的三十年後。

因為在這個故事當中有提到時間，設定在去年——西元二〇一七年、歲次丁酉——所以特地查了《見鬼才愛你》與《順便喜歡妳》當中有無提及年分，謝天謝地，幸好沒有。

所以，本想將兩書當中的年分往前推移三十年，但是，後來又發現《見鬼》一書當中有提及子女從母姓的部分，而這條民法是西元二〇〇七年才作修改。

於是，往前推移三十年的如意算盤正式宣告破裂，暫且就只好將兩書年分與本作年分當作一個隱藏的bug，為了避免熟悉舊作的同學有疑慮，特別在這裡自首。

再者，必須一提的是關於法醫專業與行政編制的部分。在查找相關資料時，深感臺灣現行制度與我想像中相去太遠，單純就法醫師人數過少，以及解剖都在殯儀館進行這件事，就讓我感到動輒得咎。

本來，在制度上，是想三分眞實、七分虛構，大致建立在臺灣現行體制上，但後來綁手綁腳，索性大破大立，全數打掉現行系統與流程，怎麼開心怎麼寫。

於是，我大刀闊斧地將法醫編制在刑事警察局底下，還蓋了解剖中心與鑑識大樓，緊鄰地檢署，充分實現我理想中的規畫，省去不少麻煩。

然後，我就深深體會到寫稿的快樂，哈哈哈！

看！寫稿多麼愉快呀，造山塡海蓋大樓毫無難度，眞是處處充滿成就感。想要男主角往東就往東，想要隨時添加個什麼都能信手拈來，眞是完全彌補了人生不如意的處處缺憾（咦？）

總之，故事當中的編制與現實並不符合。

其他至於案件發生時的到場人員、處理流程，或是依案件現場的不同，主角應該會遇到各個不同派出所或分局偵查隊、不同的小隊長，而不是同一位小隊長這些事，我也全部都放水流了，就像柯南也總是遇到目暮警官與白鳥警官，米花市不知道都爆炸與死過多少人一樣了哈哈哈XDD

前面已經提過，故事當中的編制與流程並不符合臺灣現狀，刑偵、命理、專業的部分亦不會著墨太多。

雖然做了很多努力，取材時能用的人脈、工具書，能夠抓到的全部都抓緊，身邊能問的資源都快被我煩死，險些眾叛親離，但我自知不是個很聰明周延的人，勢必還有許多未竟之處，也請大家海涵。

所以，原則上，這個故事的本質就是一個胡搞瞎搞的愛情故事，單純就是我的腦洞而已，請大家輕鬆閱讀。

謝謝連載時提供意見的大家，謝謝曾爲我無償製作網路書封的歪念YiSm與玻璃兔，更謝謝留下每則留言與珍珠的每一位，你們的鼓勵是我維持寫作時非常大的動力。

這是我截至目前爲止寫過字數最長、耗費時間最久的故事，不過，也是我目前最喜歡的作品。

期間歷經了生病、求職、住院等幾番波折，數度拖稿，爲出版社帶來非常大的困擾，造了不少孽，也令我感到人生好難。

不過，無論如何，終於是邊爬邊跪到這裡了。

謝謝站在故事背後的主編、責編、美編、繪師、校對……以及幫助成書的每一位。

衷心希望這個故事能爲大家帶來一段愉快的閱讀時光。

我們下冊見！

亞樹

城邦原創 長期徵稿

題材

(1) 愛情：校園愛情、都會愛情、古代言情等，非羅曼史，八萬字以上，需完結。

(2) 奇幻／玄幻：八萬字以上，單本或系列作皆可：若是系列作，請至少完稿一集以上，並附上分集大綱。

如何投稿

電子檔格式投稿（請盡量選擇此形式投稿）

(1) 請寄至客服信箱service@popo.tw，信件標題寫明：【投稿城邦原創實體書出版／作品名稱／真實姓名】（例：投稿城邦原創實體書出版／愛情這件事／徐大仁）

(2) 稿件存成word檔，其他格式（網址連結、PDF檔、txt檔、直接貼文於信件中等）恕不受理；並請使用正確全形標點符號。

(3) 請附上真實姓名、性別、聯絡電話、email、POPO原創網會員帳號、作者簡介與出版經歷。

(4) 請加入POPO原創市集（www.popo.tw/index）申請成為作家會員，並將投稿作品公開放上該網站至少4萬字，若想全文公開也可以。

紙本投稿

(1) 投稿地址：10483台北市民生東路二段141號6樓
城邦原創實體出版部收

(2) 請以A4紙列印稿件，不收手寫稿件。

(3) 請附上真實姓名、性別、聯絡電話、email、POPO原創網會員帳號、作者簡介與出版經歷。

(4) 請自行留存底稿，恕不退稿。

(5) 請加入POPO原創市集（www.popo.tw/index）申請成為作家會員，並將投稿作品公開放上該網站至少4萬字，若想全文公開也可以。

審稿與回覆

(1) 收到稿件後，約需2-3個月審稿時間，請耐心等候通知。若通過審稿，編輯部將以email回覆並洽談合作事宜，如未過稿，恕不另行通知。

(2) 由於來稿衆多，若投稿未過，請恕無法一一說明原因或給予寫作建議。

(3) 若欲詢問審稿進度，請來信至投稿信箱，請勿透過電話、客服信箱、部落格、粉絲團詢問。

其他注意事項

(1) 請勿抄襲他人作品。

(2) 請確認投稿作品的實體與電子版權都在您的手上。

(3) 如果您的作品在敝公司的徵稿類型之外，仍然可以投稿，只是過稿機率相對較低。

國家圖書館出版品預行編目資料

神都聽見了嗎? / 宋亞樹著. -- 初版. -- 臺北市；城邦原創出版：家庭傳媒城邦分公司發行, 2018.08
面； 公分

ISBN 978-986-96522-7-8（上冊：平裝）

857.7 107013420

神都聽見了嗎？（上）

作　　者／宋亞樹
企畫選書／楊馥蔓
責任編輯／陳思涵

行銷業務／林政杰
總 編 輯／楊馥蔓
總 經 理／伍文翠
發 行 人／何飛鵬
法律顧問／元禾法律事務所　王子文律師
出　　版／城邦原創股份有限公司
台北市中山區民生東路二段 141 號 6 樓
電話：(02) 2509-5506　傳眞：(02) 2500-1933
E-mail：service@popo.tw
發　　行／英屬蓋曼群島商家庭傳媒股份有限公司城邦分公司
聯絡地址：台北市中山區民生東路二段 141 號 11 樓
書虫客服服務專線：(02) 25007718・(02) 25007719
24小時傳眞服務：(02) 25001990・(02) 25001991
服務時間：週一至週五09:30-12:00・13:30-17:00
郵撥帳號：19863813　戶名：書虫股份有限公司
讀者服務信箱 email：service@readingclub.com.tw
城邦讀書花園網址：www.cite.com.tw
香港發行所／城邦（香港）出版集團有限公司
地址：香港灣仔駱克道 193 號東超商業中心 1 樓
email：hkcite@biznetvigator.com
電話：(852)25086231　傳眞：(852) 25789337
馬新發行所／城邦（馬新）出版集團 Cité(M)Sdn. Bhd.
41, Jalan Radin Anum, Bandar Baru Sri Petaling,
57000 Kuala Lumpur, Malaysia.
電話：(603) 90563833　傳眞：(603) 90576622
email：services@cite.my

封面插畫／紅茶
封面設計／黃聖文
印　　刷／漾格科技股份有限公司
電腦排版／陳瑜安
經 銷 商／聯合發行股份有限公司
客服專線：(02)2917-8022　傳眞：(02)2911-0053

■ 2018 年 8 月初版
■ 2023 年 8 月初版 7.7 刷
Printed in Taiwan

定價 / 260元

ISBN　978-986-96522-7-8

城邦讀書花園
www.cite.com.tw

本書如有缺頁、倒裝，請來信至service@popo.tw，會有專人協助換書事宜，謝謝！